PETER ALTENBERG
WIENER
GESCHICHTEN

*Herausgegeben
von Burkhard Spinnen*

Schöffling & Co.

Dritte Auflage 1997
© der Zusammenstellung und des Nachworts:
Schöffling & Co. Verlagsbuchhandlung GmbH,
Frankfurt am Main 1995
Alle Rechte vorbehalten
Satz: Photosatz Amann, Aichstetten
Druck & Einband: Pustet, Regensburg
ISBN 3-89561-542-0

Jeder Großstädter ist ein Kleinstädter,
denn er hält die trotzdem kleine Stadt
für die große Welt!

Die Tragödie des Kleinstädters ist,
daß er fest und sicher glaubt,
in der Großstadt »gehe etwas vor«.

Peter Altenberg

INHALT

So wurde ich	9
Die Maus	10
Zimmereinrichtung	13
Das Personal	15
Das Hotel-Stubenmädchen	16
Jause	17
Lift	18
Die Kontrolle	19
Blumen-Corso	21
Volksgarten-Jungfräulichkeit	23
Im Volksgarten I	24
Im Volksgarten II	25
Stadtgärten	27
Wiens Hygiene	30
Kaffeehaus	32
Regeln für meinen Stammtisch	33
Die Mitzi	35
Die Post-Novize	38
Das Schreibmaschin-Fräulein	41
Locale Chronik	42
Die Bonne	48
Dienstboten	49
Erlebnis	50
Tramway-Szene zehn Uhr nachts Baden-Wien	53
Infektion	54
Der Tag des Reichtums	55
Der Spazierstock	57
Über Schreibfedern	59
Die Kundschaft	60
Der Fortschritt	61
Eisenhandlung. Wien	63
Japanisches Papier, Pflanzenfaser	63
PA-Kollier	65

Musterschutz	67
Pleite	68
Romantik der Namen	69
Die Donauinsel »Gänsehäufel«, Strandbad bei Wien	70
Fahrt	71
Sonnenuntergang im Prater	74
Baden bei Wien im Frühling	77
Rückkehr vom Lande	78
Weshalb ich nicht aufs Land gehen kann	79
Venedig in Wien	80
Café de L'Opéra (im Prater)	84
Costüme-Ball im Wiener Künstler-Hause	86
Gregory-Truppe	88
Unser Opernhaus	90
Kinematograph-Theater	93
Etablissement Ronacher	95
Sommernacht in Wien	97
Nachtcafé	100
Fünf-Kreuzer-Tanz	101
Café-Chantant	103
In einem Wiener »Puff«	106
Der Trattnerhof	108
Erinnerung	110
Die Kindheit	111
Im Stadtpark	112
Ort Altenberg	114
Editorische Notiz	115
Werk- und Abkürzungsverzeichnis	116
Quellenverzeichnis	117
Nachwort	120

SO WURDE ICH

Ich saß im 34. Jahre meines gottlosen Lebens, Details kann eine Tageszeitung unmöglich bringen, ich saß im Café Central, Wien, Herrengasse, in einem Raume mit gepreßten englischen Goldtapeten. Vor mir hatte ich das »Extrablatt« mit der Photographie eines auf dem Wege zur Klavierstunde für immer entschwundenen fünfzehnjährigen Mädchens. Sie hieß Johanna W. Ich schrieb auf Quartpapier infolgedessen, tieferschüttert, meine Skizze »Lokale Chronik«. Da traten Arthur Schnitzler, Hugo von Hofmannsthal, Felix Salten, Richard Beer-Hofmann, Hermann Bahr ein. Arthur Schnitzler sagte zu mir: »Ich habe gar nicht gewußt, daß Sie dichten!? Sie schreiben da auf Quartpapier, vor sich ein Porträt, das ist verdächtig!« Und er nahm meine Skizze »Lokale Chronik« an sich. Richard Beer-Hofmann veranstaltete nächsten Sonntag ein »literarisches Souper« und las zum Dessert diese Skizze vor. Drei Tage später schrieb mir Hermann Bahr: »Habe bei Herrn Richard Beer-Hofmann Ihre Skizze vorlesen gehört über ein verschwundenes fünfzehnjähriges Mädchen. Ersuche Sie daher dringend um Beiträge für meine neugegründete Wochenschrift ›Die Zeit‹!« Später sandte Karl Kraus, auch der Fackel-Kraus genannt, weil er in die verderbte Welt die Fackel seines genial-lustigen Zornes schleudert, um sie zu verbrennen oder wenigstens »im Feuer zu läutern«, an meinen jetzigen Verleger S. Fischer, Berlin W., Bülowstraße 90, einen Pack meiner »Skizzen«, mit der Empfehlung, ich sei ein Original, ein Genie, Einer, der anders sei, nebbich. S. Fischer druckte mich, und so wurde ich! Wenn man bedenkt, von welchen Zufälligkeiten das Lebensschicksal eines Menschen abhängt! Nicht?! Hätte ich damals, im Café Central, gerade eine Rechnung geschrieben, über die seit Monaten nicht bezahlten Kaffees, so hätte Arthur Schnitzler sich nicht für mich erwärmt, Beer-Hofmann hätte keine literarische Soiree gegeben, Hermann Bahr hätte mir nicht geschrieben. Karl Kraus freilich hätte meinen Pack Skizzen unter allen Umständen an S. Fischer abgeschickt, denn er ist ein »Eigener«, ein »Unbeeinflußbarer«. Alle zusammen jedoch haben mich »gemacht«. Und was bin ich geworden?! Ein Schnorrer!

DIE MAUS

Ich zog in das ruhige Zimmerchen, fünften Stock, gutes, altes Stadthotel, ein, mit zwei paar Socken und zwei riesigen Flaschen Slibowitz für unvorhergesehene Fälle.

»Bitte«, sagte der Zimmerkellner, »soll ich das Gepäck holen lassen?!«

»Ich habe keines«, sagte ich einfach.

Dann sagte er: »Wünschen Sie elektrische Beleuchtung?!«

»Jawohl.«

»Es kostet fünfzig Heller per Nacht. Sie können aber auch bloß Kerze haben«, sagte er in Berücksichtigung der gegebenen Umstände.

«Nein, ich wünsche elektrische Beleuchtung.«

Um Mitternacht hörte ich Geräusche von zerrissenen und zerkratzten Papiertapeten. Dann kam eine Maus, stieg meinen Waschtisch hinan und betrat das Lavoir, machte überhaupt verschiedene artige Evolutionen, begab sich sodann wieder auf den Fußboden, da Porzellan nicht zweckentsprechend war, hatte überhaupt keine festen weitausgreifenden Pläne und hielt schließlich die Dunkelheit unter dem Kasten bei den gegebenen Umständen für ziemlich vorteilhaft.

Morgens sagte ich zu dem Dienstmädchen: »Sie, eine Maus war heute nacht in meinem Zimmer. Eine schöne Wirtschaft!«

»Bei uns gibt's keine Mäuse, das wäre nicht schlecht. Woher sollte denn bei uns eine Maus herkommen?! So was lassen wir uns überhaupt gar nicht nachsagen!«

Ich sagte infolgedessen zu dem Zimmerkellner:

»Ihr Stubenmädchen ist ein freches Geschöpf. Heute nacht war eine Maus im Zimmer.«

»Bei uns gibt's keine Mäuse. Woher sollte denn bei uns eine Maus herkommen?! So was lassen wir uns überhaupt gar nicht nachsagen!«

Als ich in das Hotelvorhaus trat, betrachteten mich der Herr Portier, der Herr Hausknecht, die anderen beiden Fräulein Stubenmädchen und der Herr Geschäftsführer, wie man einen betrachtet, der mit zwei paar Socken, zwei Slibowitzflaschen einzieht und bereits Mäuse sieht, die nicht da sind.

Auch lag mein Buch »Was der Tag mir zuträgt« offen auf meinem Tische und ich überraschte einmal das Stubenmädchen bei der Lektüre desselben.

Unter diesen facheusen Umständen war meine Glaubwürdigkeit in bezug auf Mäuse ziemlich untergraben. Dafür hatte ich immerhin einen gewissen Nimbus eingeheimst und man rechnete nicht mehr mit mir, ließ mir sogar kleine Schwächen passieren, drückte ein Auge zu, benahm sich außerordentlich kulant wie mit einem Kranken oder anderweitig zu Berücksichtigenden.

Die Maus jedoch erschien jede Nacht, kratzte an der Papiertapete, bestieg häufig den Waschkasten.

Eines Abends kaufte ich eine Mausefalle samt Speck, ging mit dem Instrument ostentativ an dem Portier, dem Hausknecht, dem Geschäftsführer, dem Zimmerkellner und den drei Stubenmädchen vorbei, stellte die Falle im Zimmer auf. Am nächsten Morgen war die Maus drin.

Ich gedachte nun, ganz nonchalant die Mausefalle hinabzutragen. Die Sache sollte für sich selber sprechen!

Aber auf der Stiege fiel es mir ein, wie erbitttert die Menschen werden, wenn man sie einer Sache überführt, zumal eine Maus sich nicht in einem Passagierzimmer eines Hotels befinden sollte, in dem es Mäuse einfach »gar nicht gibt«! Auch wäre mein Nimbus eines Menschen ohne Gepäck, mit zwei paar Socken, zwei Flaschen Slibowitz, einem Buche »Was der Tag mir zuträgt« und der nachts bereits Mäuse sieht, dadurch beträchtlich erschüttert worden, und ich wäre sofort in die peinliche Kategorie eines sekkanten und höchst ordinären Passagiers herabgesunken. Infolge dieser Bedenken ließ ich die Maus in einem für diese Zwecke ziemlich geeigneten Orte verschwinden und stellte meine Mausefalle auf dem Fußboden meines Zimmerchens wieder leer auf.

Von nun an wurde ich mit noch zärtlicher Rücksicht behandelt, man wünschte mich unter keinen Umständen zu erregen, gab nach wie einem kranken Kindchen. Als ich endlich abreiste, war bei allen freundschaftliches Mitgefühl und Attachement vorhanden, obzwar ich als Gepäck nur zwei paar Socken, zwei leere Slibowitzflaschen und eine Mausefalle mitnahm!

ZIMMEREINRICHTUNG

Ein Nest sich bauen, wirklich sein höchsteigenes, apartes, von allen anderen unterschiedenes Nest! Wie der Vogel es Halm für Halm sorgsam zusammenträgt! Und jedes Nest ist *anders*, grundverschieden, hat gleichsam irgendwie den *Charakter* des Besitzers, des

Bewohners. Ja, die Vögel haben halt nicht das Unglück, Architekten für Innen-Einrichtung in der Vogelwelt zu besitzen, die für 10 000 Mark ein »schönes« Logis herstellen! Mein einfenstriges Kabinett im fünften Stock des »Grabenhotel« ist mein »Nest«, Halm für Halm zusammengesucht seit 20 Jahren. Die Wände ganz bedeckt mit Photos: Die Prinzessin Elisabeth Windisch-Grätz im 5. Lebensjahre. Dieselbe mit ihren vier Engels-Kindern. Franz Schubert und Hugo Wolf, Beethoven und Tolstoi, Richard Wagner und Goethe. Japanische Sumpfvögel, der Berg »Fushji«, ein großes Kruzifix aus der Bozener Holzbildnerschule, Gustav Klimts »Schubert-Idylle«, Schloß Orth im Winter, »Grablegung« von Ciseri; Photos von: Bertha L., Klara P., Nâh-Baduh aus Accrâ, Paula Sch., Grete H., Kamilla G., Fräulein Mayen. Fräulein Mewes, und meine dreiunddreißig geliebten Ton-Vasen und vierundsechzig japanischen Kleinkunst-Sachen, zusamengeschnorrt von »Verehrerinnen«. Kurz alles meinem Sein, meinem Geschmacke, meinen inneren »Erlebnissen« entsprechend. Ein Nest! Wenn ich denke, wer dieses geliebte Kabinett einmal in Bausch und Bogen erben wird, da freut mich wirklich das ganze Sterben nicht! Aber andererseits, die Paula Sch., amen!

DAS PERSONAL

Das »Personal« unseres Hotels ist »mysteriös«, viel viel interessanter, merkwürdiger als die »bourgeoisen« Damen. Von 6 Uhr morgens bis 1 Uhr nachts der »Pflicht« ergeben, wofür denn bitte, ewig dienstbereit, gleichsam freiwillig gebückten Rückens! Niemals irgendein Aufbegehren gegen das zufällige unglückliche Schicksal, niemals, sondern mysteriös ergeben, ergeben! Ich will gar nicht von unserer 51jährigen Therese sprechen im 1. Stocke, die sich *außerdem* für eine 92jährige, seit 23 Jahren gelähmte Mutter aufopfert (sie hätte *sonst* sich schon »zurückziehen« können), aber wir haben auch junge, blühende, frische, die auf den engen Hotelgängen ihre *Pflicht* tun, in *Selbstverständlichkeit!* Sie bedürfen nicht erst der »Bergalmen«, 2300 Meter über dem Meere, um »sich glücklich zu fühlen«. Sie tuen auf düsteren Hotelgängen ihre *unentrinnbare* und *deshalb* wertvolle Pflicht! Niemanden belästigen sie mit Klagen über ihre Lebenslage, und sie *verstehen* es, daß man *hartherzig* gegen sie ist, trotz alledem, denn, siehe, das ganze Leben ist *ebenso,* außer für die paar Auserwählten, zu denen man eben leider zufällig *nicht* gehört! »Herr Peter, Sie anerkennen Uns, aber Sie sind eben der Herr Peter!«

Kann man da nicht ruhig auf *andere Dinge* verzichten?!?

Solche primitive Aussprüche sind ausgestellte

Zeugnisse, wertvoller als die Titel: Hofrat, Exzellenz! Die »Volksseele« rafft sich auf, die sich leider Gottes *nie* aufrafft, dem Dichter im düsteren schmalen Hotelgang ein *günstiges* Zeugnis auszustellen wegen *naturgemäßer Gemeinsamkeiten!*

DAS HOTEL-STUBENMÄDCHEN

Sie saß nachts, ganz zerpatscht von Stiegensteigen, Sorgsamsein für fremde Menschen, Aufmerken auf fremde Wünsche, in der Portiersloge, zählte einen Haufen Trinkgelder in ihre Schürze. Ich wußte, daß sie ein entzückendes dreijähriges Mäderl habe, und der Gatte war verschollen.

Ich sagte: »Woher sind Sie, Marie?!«

»Aus Kärnten.«

»Sie müssen ja die Dorfschönheit gewesen sein – – –.«

»Das war ich!«

»Und alle Jünglinge müssen sich um Sie beworben haben – – –.«

»Das haben sie getan.«

»Und da haben Sie sich *den* gerade aussuchen müssen?!«

»*Er mich!*«

»Und Sie sind so ruhig, so gesichert – – –.«

»Da kann man nicht aufbegehren. Es ist das Schicksal!«

»Nein, die Dummheit war es, die Borniertheit – – –.«

»Das ist ja unser Schicksal!«

Später sagte sie: »Rühren Sie mich nicht an, es paßt mir nicht. Weshalb streicheln Sie meine Haare?! An mir ist nichts mehr zum Streicheln – – –.«

Ich schenkte ihr eine Krone.

»Wofür geben sie mir das?!«

»Gewesene Dorfschönheit!« erwiderte ich. Da begann sie zu weinen.

JAUSE

Jausengespräch zweier junger bildhübscher Dienstboten im fünften Stock auf dem düsteren Gang vor meinem geliebten lichten Zimmerchen:

»Jessas, an schönen noblen Kehrbesen habt's ihr da oben! Unserer unten in der Kaffeeküche, *der* schaut aus! Wie a g'rupftes Hendel!«

»I schenk Ihnen meinen! Der Peter kauft mir an anderen!«

»Was für ein Peter?!«

»No der Peter. Der Peter Altenberg. Er is ein Schmutzian, das heißt er hat nebbich nichts, aber für solche praktische Arbeitssachen hat er ein Herz. Sie, der Mensch hat Ihnen einen Abstauber für die Wandphotographien, von lauter grauen jungen Straußfedern, fünf Kronen hat er gekostet!«

»*Den* möcht ich haben. Der muß ja wunderbar wischen!«

»Ja, den gibt er net her. Hundertmal hab ich ihn schon darum angebettelt! Er hat g'sagt: »Im *Testament!*« Aber der lebt uns *noch* zehn Jahr. Solche Leut, die gar nix zu arbeiten haben als dös bissel dichten, die san *zach!*«

LIFT

Mir ist der Lift noch immer ein »Mysterium«. Ich bin nicht so blöde, durch leichte Gewöhnung an die Segnungen moderner Kultur mir den Reiz derselben zu zerstören!

Ich fühle dieses geheimnisvolle Stiegenüberwinden, diese Kraftersparnis meiner Kniegelenke, meines Herzens, meiner ach! keineswegs kostbaren Zeit noch immer als etwas Wunderbares.

Die Türe meines Lifts schiebt sich von selbst langsam zu, was für Leute mit Paketen oder Körben direkt störend, für einen Schriftsteller jedoch ziemlich angenehm sich gestaltet.

Ich weiß nicht, an welcher Art von Maschinerie mein Lift hängt. Ich erfahre nur hie und da durch den Hausmeister, daß heute etwas nicht ganz in Ordnung sei oder daß der Installateur da sei. Ich verstehe jedoch weder, was für eine Katastrophe im Entstehen war, noch was ein Installateur ist. Beides jedoch scheint mit eventuellen Lebensgefahren vereinbarlich zu sein.

Gräßlich ist es, mit einem fremden Menschen hinaufzufahren. Man glaubt die Verpflichtung zu haben, ein Gespräch zu entrieren, und überlegt es sich krampfhaft von einem Stockwerke zum anderen. Es ist eine verlegene Spannung wie bei der Maturitätsprüfung. Das Gesicht nimmt einen starren glotzenden Ausdruck an. Endlich sagt man: »Ich empfehle mich!«, mit einer Betonung wie wenn man eine Freundschaft fürs Leben geschlossen hätte.

Deshalb, um allen diesen Unannehmlichkeiten auszuweichen, komme ich immer erst um 6 Uhr morgens nach Hause. Da darf der Lift noch nicht funktionieren.

DIE KONTROLLE

Mein Frühstück nehme ich im Grabenkiosk. Es liegt im Freien und man sieht ununterbrochen geschäftige Menschen. Mein Raseur hingegen ist in der Teinfaltstraße, also ziemlich entfernt von dem

Frühstücksorte. Ich bezahle dort jedoch nur 30 Heller und 10 Heller Trinkgeld. Nun war es am 7. Mai 10 Uhr vormittags bereits unglaublich schwül. Man erwartete für längstens 2 Uhr ein Gewitter. Ich war, wenn auch ohne Grund, zu Tode erschöpft, saß ziemlich befriedigt in meinem Kiosk am Graben, betrachtete die geschäftigen Menschen. Ich empfand den Weg zu meinem billigen Raseur in die Teinfaltstraße wie eine äußerst schwächende Reise: Graben, Kohlmarkt, Herrengasse, Teinfaltstraße. Mir gegenüber war das glänzende Schild: Charles Uhl, Hoffriseur. Ich wußte, daß es da 60 Heller kostete und 20 Heller Trinkgeld, also um 40 Heller mehr als bei meinem Raseur. Aber die Ersparnis an Lebensenergien?! Der *erhöhte Tonus* der Nerven durch die Bequemlichkeit?! Die kühle Straße und Treppe?! Ich ging zu Charles Uhl, Hoffriseur. Auf der eleganten Treppe begegnete mir ein reicher Freund, der mir einst 100 Kronen geborgt hatte in einer meiner Notlagen.

»Sie hier in diesem Hause, merkwürdig. Wohin gehen Sie denn?!« fragte der Großinquisitor.

»Ich gehe zu meinem Raseur«, sagte ich.

»So?! Es ist auch mein Raseur. Hatten Sie nicht früher den kleinen in der »Teinfaltstraße«?!«

»Ja, früher – – – .«

»So, früher, früher?!?«

»Nein, bitte, es ist ja gar nicht mein gewohnter Raseur, es war mir nur der Weg zu weit heute, bis in die Teinfaltstraße bei dieser drückenden Hitze –.«

»So, der Weg war Ihnen zu weit?! Nun freilich, es ist

aber auch heute bereits vormittags eine drückende Hitze. Apropos – –.«

»Sobald ich in der Lage sein werde«, sagte ich und stieg zum Hoffriseur weiter hinauf.

BLUMEN-CORSO

Sechs Uhr Früh. Es ist trocken, kühl, der Himmel weißlich-blau, »bleu-lactê« würden die französischen Schriftsteller sagen – – –.

Eine Blumenhandlung von falschen Blumen schlägt ihre Lider auf, graue Holzläden.

In der staubigen Auslage blüht der Frühling, Schleedornröschen; der Sommer, Kornblumen; der Herbst, rosa und lila Astern und die Federkugeln von Leontodon.

Ein blasses Ladenmädchen trägt weiße Rosen heraus, bekränzt einen Wagen, der vor der Türe steht. Die Blumen riechen wie alte Mousseline-Kleider.

Blumencorso – – – für Nachmittag 4 Uhr! Logen-Sitze 5 Kronen! Es soll Geld unter die Leute kommen, Tausende verdienen indirekt, hat man eine Idee?! Es geht herunter bis zum – – –. Niemand kann es ausdenken.

Auf der Gasse steht ein junges Weib mit einem schlafenden Kinde, starrt das »fliegende Rosenbeet«

an, ein Stückchen einer »feenhaften Welt«, Rosen und Fiaker, das Mysterium des »schönen Überflüssigen«!

Das Kind schläft tief in der reinen Morgenluft –.

Vom ersten Stocke herab blickt eine junge Dirne im Hemde zwischen weißen Stores hervor: »Soll ich den Wagen mieten, soll ich nicht, soll ich, soll ich nicht, soll ich – – –?!«

Das Ladenmädchen blickt hinauf: »Du Mistvieh –!«

Das Ladenmädchen gähnt, steckt dem Kutscher eine Rose in's Knopfloch.

Die junge Mutter mit dem Kinde geht weg. Das Kind schläft tief in der reinen Morgenluft.

Die Dirne läßt die Stores herab.

Der Rosen-Wagen fährt weg, die Rosen wiegen sich, verneigen sich, rauschen, schütteln sich, eine stürzt herab auf den Asphalt – – –.

Nachmittags mietet eine Dame und ein junges Mädchen den Wagen.

»Les fleurs sont fausses – – –« sagt das junge Mädchen.

»So – – –« sagt die Dame, »merkt man es?!«

Blumencorso. Zufahrt durch die Praterstraße. Fliegende Blumenbeete. Tausende verdienen indirekt!

Die junge Dirne liegt auf ihrem Bette, schläft. Die Nachmittagssonne wärmt die weißen Stores. Sie träumt: »Rosen-Wagen – – – – –.«

Das Ladenmädchen sitzt in dem dunklen dunstigen Blumenzimmer auf einem Strohsesselchen, schläft – –.

Sie träumt: »Rosen-Wagen – – –.«

Das junge Weib trägt das Kind durch die Straßen. Das Kind schläft tief in der dunstigen Nachmittagsluft – .

Die Rose, die am Morgen aus dem Wagen gestürzt ist, steht in einem Glase in dem Zimmer eines Gassenkehrers.

Sein Töchterchen sagt: »Pfui, sie stinkt – –.«

Der Gassenkehrer hätte antworten können: »Das sind die Blumen, die auf dem Asphalt einer Großstadt blühen – – –!«

Aber er sagte das nicht. Dazu war er zu bescheiden – – –.

Er dachte: »Es ist vom Blumencorso – – –!«

VOLKSGARTEN-JUNGFRÄULICHKEIT

Pfingstsonntag, sieben Uhr morgens. Mit einem Spritzschlauch wird er ausgiebigst beregnet. Niemand genießt ihn noch. Er ist unnötig schön, unnötig Friede gebend. Der düsterrote Azaleenstrauch war gestern abends schöner, romantischer. Es gehören Menschen herein, Kinder, Bonnen, ja sogar Liebespaare. Dann hat es einen Zweck, daß er schön ist. Für Dichter braucht man keine Gärten anzulegen, die dichten bekanntlich auch in Dachkämmerchen. Später kam eine gelbe Leberleidende, um im »Pavillon« Karlsbader zu trinken. Daß sich alle Menschen die Gesundheit so bequem wieder richten wollen!? Dreißig Jahre *vorher* diät leben! Im jungfräulichen Volksgarten, sieben Uhr, findest du höchstens »stupide Hoffnungsfreudigkeit«! Und dann, diese kleine kleine Oase in dieser *Häuserwüste* »Stadt«! Wie eine Nachtigall, der man in den Käfig ein grünes Büschlein steckt, auf daß sie diesen Wald ansinge mit ihren süßen Klagetönen!

IM VOLKSGARTEN I

Juli im Volksgarten. Die holde Frische der Gewächse ist vorüber. Nur Rosa Crimson Rampler blühen als dunkelrotes Gebüsch. Auf dem Teich vor dem Elisabethdenkmal sind die Seerosen verblüht. Nur die Blätter liegen papierflach auf grünschillerndem Wasser. In den riesigen hellgrauen Tonkübeln blühen hellrosa Hortensien. Die marmornen Kindergesichter an den Brunnen strahlen Lieblichkeit aus sondergleichen. Es sollen die Kinder des Bildhauers selbst sein. Heil ihm! Ein Mäderl von neun Jahren zeigt uns alle ihre herrlichen Künste. Sie hat nur ein weißes Hemd an mit einer dicken roten seidenen Schnur. Sie läuft Springschnur wie ein griechischer Marathonläufer. Sie spielt Diabolo wie ein Champion. Sie spielt zugleich mit zwei Raketts und zwei roten Gummibällen. Ich rufe:

»Bravo, bravo!« als säße ich in einem Variété. Sie hat nackte Gazellenbeine. Sie macht alles von nun an infolge des Applauses für mich und meine edle Freundin. Einmal heben wir ihr einen Ball auf. Sie weiß, sie befindet sich in unsrer Gunst. Sie hat fremde Menschen für sich gewonnen, sie hat die enge Sphäre von Papa, Mama, Onkel, Tante überflogen, sie ist in das Land eingedrungen objektiver Anerkennungen.

Und da sagte ihre Mama. »Spiele doch zu mir zu, ich will dich auch sehen, nicht immer nur deinen Rücken.«

Da wandte sich das Kind von uns ab und spielte gegen die Mama zu. Nur hie und da blickte sie sich um nach ihren fremden Verehrern.

Später kam der Papa, ermüdet vom Geschäfte.

»Amüsierst du dich, Anna?!?« sagte er zu seinem Töchterchen.

»Amüsieren, amüsieren —« dachte Anna, »man bewundert mich, man staunt mich an —.«

IM VOLKSGARTEN II

»Ich möchte einen blauen Ballon haben! Einen blauen Ballon möchte ich haben!«

»Da hast du einen blauen Ballon, Rosamunde!«

Man erklärte ihr nun, daß darinnen ein Gas sich

befände, leichter als die athmosphärische Luft, infolgedessen etc. etc.

»Ich möchte ihn auslassen – – –« sagte sie einfach.

»Willst du ihn nicht lieber diesem armen Mäderl dort schenken?!?«

»Nein, ich will ihn auslassen – – –!«

Sie läßt den Ballon aus, sieht ihm nach, bis er verschwindet in den blauen Himmel.

»Tut es dir nicht leid, daß du ihn nicht dem armen Mäderl geschenkt hast?!?«

»Ja, ich hätte ihn lieber dem armen Mäderl geschenkt!«

»Da hast du einen andern blauen Ballon, schenke ihr diesen!«

»Nein, ich möchte den auch auslassen in den blauen Himmel!« – Sie tut es.

Man schenkt ihr einen dritten blauen Ballon.

Sie geht von selbst hin zu dem armen Mäderl, schenkt ihr diesen, sagt: »Du, lasse ihn aus!«

»Nein«, sagt das arme Mäderl, blickt den Ballon begeistert an.

Im Zimmer flog er an den Plafond, blieb drei Tage lang picken, wurde dunkler, schrumpfte ein, fiel tot herab als ein schwarzes Säckchen.

Da dachte das arme Mäderl: »Ich hätte ihn im Garten auslassen sollen, in den blauen Himmel, ich hätte ihm nachgeschaut, nachgeschaut – – –!«

Währenddessen erhielt das reiche Mäderl noch zehn Ballons und einmal kaufte ihr der Onkel Karl sogar alle dreißig Ballons auf einmal. Zwanzig ließ sie in den Himmel fliegen und zehn verschenkte sie an arme Kinder. Von da an hatten Ballons für sie überhaupt kein Interesse mehr.

»Die dummen Ballons – – –« sagte sie.

Und Tante Ida fand infolgedessen, daß sie für ihr Alter ziemlich vorgeschritten sei!

Das arme Mäderl träumte: »Ich hätte ihn auslassen sollen, in den blauen Himmel, ich hätte ihm nachgeschaut und nachgeschaut – – –!«

STADTGÄRTEN

Wien hat wunderbar gepflegte Stadtgärten. Aber weshalb sollte es nicht auch hierin »organische Entwicklungen« geben?! Ist es denn ein Vorwurf für das Bestehende, da man es doch eben genug liebhat und schätzt, um ihm ein *neues* Werden, Wachsen zu vergönnen?!?

Es sollte vor allem mit aller und jeglicher *Symmetrie* gebrochen werden, ja man sollte ihr aus dem Wege gehen direkt. Sie hindert die Phantasie, einen Garten als Naturpark, als Urwald sich zu erträumen! Sie bringt uns den emsig bosselnden spintisierenden Menschen, sie zeigt Gartentöpfe an, statt freier fruchtbarster Erde, man sieht Stricklineale und Riesenzirkel. Das Pflanzenbeet sei verbannt! Man verstreue die edlen Blumen auf den kleinen Wiesen, als ob sie von selbst wüchsen, wie auf allen anderen Wiesen die Blumen. Die Symmetrie des Blumenbeetes zeigt uns die *Armseligkeit* eines Gartens! Die exzeptionellen Blumen, von selbst auf Wiesen gedeihend, nicht zusammengedrängt in einem abgezirkelten Beete, würden Gottes freie mysteriöse Natur repräsentieren! Wie schön ist z. B. im Stadtpark der kleine Farrenwald, bloß weil er die Natur selbst darstellt, die im feuchten Schatten dunkler Bäume reichlich Farren sprießen läßt, die wieder Dünger werden, wenn sie verwesen. Wie ein kleiner netter Urwald ist dieses Stückchen, und selbst die Bänke mit den Menschen stören fast nicht den Eindruck. Blumenbeete verhindern uns, es uns vorzuträumen, daß wir in der weiten freien Natur sind. Sie gemahnen uns stets, daß wir uns in einem Stückchen eingezäunten mühsam erhaltenen Gartens befinden! Wiesen mit unsymmetrisch verstreuten Pflanzen würden uns das nie antun! Sie bringen uns hinüber über unsere Zweifel. Ferner belebt Wasser jegliche Landschaft, machte sie mysteriöser. Weshalb also das herrliche Wasser, auf große Teiche, auf abgezirkelte, konzentrieren?!? *Wässerlein* sind geheimnisvoller als *große Teiche!* Weshalb nicht überall in den Wiesen, ganz, ganz unregelmäßig, fast unverhofft, tümpelartige kleine Teiche anlegen, deren Umrandung kaum über den Boden hervorragt?! Wozu der störende harte »*Bassinrand*«, den die Natur nicht kennt?! Weshalb soll das kristallreine Wasser mit herrlichem Kieselgeflunker nicht fast in gleicher Höhe mit dem Boden stehen?! Weshalb immer und überall der Natur heimtückisch aus dem Wege gehen wollen?!? Bassinränder stören die Illusionen. Die Quellen sollen verteilt werden auf hundert Quellchen, die von ungefähr hervorbrechen und irgendwohin unvermerkt verschwinden, niemandem Rechenschaft gebend von ihrem Laufe im Garten. Wie wenn sie überall Segen spendeten und sich nirgends allzulange aufhielten, bewässernd, kühlend und verschwindend! Phantasie anregend! Und nun zum Schlusse, weshalb nicht die Tierwelt benützen?! Weshalb immer und immer seit Jahrhunderten sich mit Schwan, Gans, Ente, Storch begnügen?! Es gibt doch phantastische Tiere?! Könnte man nicht in herrlichen Gebüschen dunkelgrüne Käfige postieren mit exotischen Vögeln, also daß man glaubte, sie seien da von selbst?! Oder an Bäumen aus Brasilien an niederen Zweigen glänzende Käfige aufhängen mit den Vögeln, die sonst wirklich hier nisten?! Die »Herren über die Gärten« werden höhnisch lächeln, statt ernstlich und dankbar nachzudenken! Es gibt nur diese zwei Wege in bezug auf Neuerungen für unsere dadurch irritierten Nerven: entweder *lächeln* oder *ernstlich* werden! Lächeln ist bequemer, aber ernstlich werden, ist vornehmer!

Oberhalb des Badner Kurparks befindet sich, vom Walde abwärts, ein ideal angelegter Park. Vom Walde aus kommt ein Wasserfall, der in viele kleinste Teiche auseinanderrinnt. Die kleinen Teiche sind höchst unregelmäßig, in die Länge gezogen oder verschlungen, mit Steinen und merkwürdigen Pflanzen umrandet, ganz flach, so daß man überall den Boden mit Kieseln oder Wasserpflanzen sieht. Es ist wie wenn der dunkle Waldquell in der sonnigen hellen Wiesenlandschaft heiter lächelnd sich verstreute. Ich kenne den Gartendirektor daselbst nicht, aber jedenfalls hat er der Natur ihre Natur gegönnt! Vom Wald floß Wasser und zerrann in den Wiesen ...

WIENS HYGIENE

Ich trage seit dem 9. März 1917, meinem 58. Geburtstage, Sandalen an nackten Füßen. Seitdem erlebe, erleide ich die »*Sünden Wiens*« an den *armen Lungen* und, ziemlich bedeutungsloser, an meinen nackten Füßen! Füße kann man zehnmal täglich reinigen, aber *Lungen*?!? *Sämtliche* Geschäfte betrachten Trottoir und Straße, von sieben morgens an als Ablagerungsstätten für den *Staub* der *Staubtücher,* der *Fußmatten,* der *Teppiche!* Den »geliebten« Hunden werden die Trottoirs als »Klosetts« *direkt* liebevoll *anerzogen!* Das »Staub auf den Passanten herunterschütten« von Fenstern der *Stockwerke* aus ist polizeilich verboten, aber *dasselbe* »Verbrechen«, aus den Geschäftsläden im Parterre, also *noch* direkter, ist *scheinbar* erlaubt, sonst täten es ja doch nicht Alle! Auf »*selbstverständliche Anständigkeit*« seinem unschuldigen fremden Nebenmenschen gegenüber darf man sich doch heutzutage noch *nicht* verlassen; da sind schon *drakonische Verordnungen* mit hohen Geldstrafen besser am Platze! Straßenstaub und Mist *trocken* in die Luft wirbeln, wie es unsere Straßenkehrer tun, statt *zuerst* es mit *Gießkannen* niederzuschlagen und in einen *unschädlichen* Brei zu verwandeln, ist *ebenfalls* ein *Verbrechen* an den Lungen und an meinen nackten Füßen. Jede gute *Neuerung* erzeugt auch *von selbst* richtigere Überblicke über die konservativen inveterierten Laster. *Unsere* Art, die Straße, die Trottoirs als »*Mistgrube*« zu betrachten, ist ein »*hygienisches Verbrechen*«! Nicht Jedermanns Sache ist es, den *Anderen* helfen zu wollen; ich will es. Nichts Richtiges ist zu *unwichtig,* um dafür nicht ein »Danton, Marat, Robespierre« sogleich zu werden. Ich, wie erwähnt, kann ja täglich zehnmal meine nackten Füße rein waschen; aber Ihr Eure *nackten hilflosen Lungen*?!? Für *Staubtücher* auf die *Straße* ausgestaubt 100 Kronen für die »Kriegsblinden«! Nein, 200 Kronen! »*Hygienische* Reinlichkeit« ist eine Art von unbewußter »*physiologischer Genialität*«, aber Wien *besitzt sie eben nicht.* Es besitzt dafür, auch ein »Gnadengeschenk der Götter«, die »*gutmütige Gleichgültigkeit*«! Im »Volksgarten« liegt *Zentimeter-dick* eine *Staubschichte,* die von Promenierenden und Kindern stetig *aufgewirbelt* wird. Fuhren von *herrlichem Donausande* und ununterbrochene *Hand-Spritz-Wägelchen* können ein »*Paradies*« gestalten, aber Niemand nimmt sich die Mühe. Da kann man nur sagen: *Heiliger Rathauspark,* und »*Anlage* um die Minoritenkirche herum«! Dort ist die Luft wenigstens so rein und staubfrei wie es in einer Großstadt überhaupt sein kann. Man muß erst *mit nackten Füßen* gehen, um die Verbrechen an den *fremden Lungen* ganz zu *verstehen* und zu *hassen*!

KAFFEEHAUS

Du hast *Sorgen*, sei es diese, sei es jene – – – ins *Kaffeehaus*!

Sie kann, aus irgendeinem, wenn auch noch so plausiblen Grunde, nicht zu dir kommen – – – ins *Kaffeehaus*!

Du hast zerrissene Stiefel – – – *Kaffeehaus*!

Du hast 400 Kronen Gehalt und gibst 500 aus – – – *Kaffeehaus*!

Du bist korrekt sparsam und gönnst Dir nichts – – – Kaffeehaus!

Du bist *Beamter* und wärest gern *Arzt* geworden – – – *Kaffeehaus*!

Du findest Keine, die Dir *paßt* – – – *Kaffeehaus*!

Du stehst *innerlich* vor dem Selbstmord – – – *Kaffeehaus*!

Du haßt und verachtest die Menschen und kannst sie *dennoch* nicht missen – – – *Kaffeehaus*!

Man kreditiert Dir nirgends mehr – – – *Kaffeehaus*!

REGELN FÜR MEINEN STAMMTISCH

Das Nägelschneiden bei Tische ist verboten, selbst mit einer eigenen mitgebrachten Schere alten Systems; besonders aber mit der neuartigen Zwickmaschine, da die scharf abgezwickten Nägel dann leicht in die Biergläser springen können, und das Herausfischen mit Schwierigkeiten verbunden ist!

Das Wort »Popo« oder Ähnliches ist tunlichst zu vermeiden. Ist das aber unmöglich, so soll es mehr oder weniger geflüstert vorgebracht werden!

Ganz private Angelegenheiten, persönlichen Ehrgeiz, Eitelkeit, Größenwahn, »Sichpatzigmachen« betreffend, sollen nicht über drei Stunden lang gesprächsweise ausgedehnt werden. Es wäre denn, daß der Verbrecher einen Französischen Champagner dabei zahlt! Jede Flasche verlängert die Zeitdauer des Gespräches, bis sie leer ist!

Mitteilungen über private Verdauungsstörungen samt Detailschilderung, die von keinem allgemeinen Gesichtspunkte getragen sind, haben dem unglücklichen Nebensitzenden in kurzen knappen Ausdrücken übermittelt zu werden; auch muß das Mitgefühl des Zuhörers diskret gehalten sein, wobei er es versuchen muß, die natürliche Freude über das Mißgeschick seines Freundes taktvoll zurückzudämmen!

Politische Gespräche haben über die Phrase: »Ich glaube, in Amerika brandelt's«, nicht hinauszugehen!

Gespräche über Goethe haben nicht in eine gräßliche Anrempelei des Hugo von Hofmannsthal auszuarten!

Damen an unserem Tische, die zeitweilig »wohin« gehen müssen, haben von ihrem Gatten oder Geliebten laut und vernehmlich 20 Heller zu verlangen, da wenigstens *dieser Vorgang* an die »käuflichen Mädchen« uns angenehm erinnert!

Es durch längere Zeit hindurch versuchen, ob Zündhölzchenköpfe an einer Porzellanreibfläche abspringen, ist ungehörig, da es für die Frage der »Entwicklung der Menschheit«, der doch alles an diesem Stammtische dient, belanglos ist!

Junge Kellnerburschen dürfen nur gegen alle ihre Frechheiten von demjenigen in Schutz genommen werden, der sich ausweisen kann, daß er wirklich »homosexuell« sei!

Gespräche allgemeiner Natur müssen eine perfid versteckte Spitze gegen irgend jemanden an unserem Stammtische besitzen; es ist wie die Würze zu Speisen; man verdaut sie dann besser!

Liebespaare dürfen an unseren Tisch kommen; denn es ist ein untrügliches Anzeichen, daß sie wenigstens *diese* Stunden nicht miteinander allein verbringen wollen; also eine Niederlage coram publico. Außerdem kann man die Dame vielleicht abspenstig machen!

DIE MITZI

Zwei kleine Cafétische, rund, in einem Eck, vis-à-vis voneinander.
Die Mitzi kommt, setzt sich an den einen Tisch.
Der Kellner: »Fräul'n Mitzi, wollen's nicht an Ihrem gewohnten Tischerl Platz nehmen?!?«
»Nein, hier bleib' ich – – –.«
»Fräul'n Mitzi, Fräul'n Mitzi, dös hätten's net *tun* sollen, Gott, dös hätten's net *tun* sollen; dös ganze Lokal is auf – – –. Geh'ns, setzens Ihnen an Ihren gewohnten Tisch und machens kane G'schichten – – –. Wann Er kummt und dös merkt –!?«
»Bringen Sie mir ein Glas Tee halb mit Rum gefüllt!«
Kellner ab.
Der Fiaker Karl erscheint. »Fräul'n Mitzi, i kumm nur g'schwind herein, es Ihnen melden, der Herr Franz is im Lokal, er wird glei da sein – – –.«
»Schau'ns daß abfahrn, kümmerns Ihna um Ihnere Gäul'.«
»Fräul'n Mitzi, sans nicht so leichtsinnig, mir haben Sie alle gern – – –.«
»Warum soll i net leichtsinnig sein?! Wen kümmert das was?! Soll er kommen, der Herr Franz – – – –! Malheur!«
»Er wird stechen – – –.«
»No wird er; Malheur – – –!«
Der Fiaker entfernt sich.

Der Herr Franz kommt langsam, setzt sich an seinen gewohnten Tisch.

Er steht auf, kommt langsam, plump schwerfällig an den anderen Tisch, stützt den rechten Arm auf die Tischplatte: »Sö wollen allein sein?!?«

»Nein. Warum?! Keine Spur. Warum soll ich allein sein wollen?!? Lächerlich.«

Pause. Beide wie Raubtiere vor dem Morden.

»Sö wollen also nicht allein sein?!?«

Sie trinkt ihren Tee.

Pause.

»Sö wollen also doch allein sein?!«

»Ich bitte, gehen Sie an Ihren Tisch zurück, und belästigen Sie mich nicht – – –!«

»Belästigen?!«

»Belästigen, ja, belästigen – – –!«

Sie schaut ihn an wie eine stechende Kreuzotter, wutentbrannt.

»Seit wann belästige ich Sie, Fräulein?!«

»Seit lange schon – – –.«

»Es wird nicht seit so lang her sein – – –.«

»Oh ja, seit sehr lang her – – –.«

»Es wird seit vorgestern sein, beim Fünfkreuzertanz im Prater – – –.«

Sie lächelt perfid-höhnisch.

»Warum lachen Sie?! Sie, spül'n's Ihner net mit mir! Net sich mit mir spül'n, Mitzerl – – –.«

»Ach was, gehen's an Ihren Tisch zurück und lassens mich in Ruh'. Tu' *ich Ihner* was, no also! Lassens mich ruhig meinen Tee trinken – – –.«

Er geht an sein Tischchen zurück. Wie ein gepeitschter Tiger im Käfig.

Isabella kommt, bleibt zwischen beiden Tischchen stehen, schaut beide an.

Mitzi: »No, was steh'ns da?! Was gibts zu schauen?!«

Isabella: »Darf ich nicht da stehen?! Regen's Ihna net auf, Fräulein, *Ihnen* schau' ich eh' net an!«

Mitzi: »Freches Mensch!«

Isabella: »Wer is Ihr freches Mensch, wer?!?«

Franz: »Isabella, palisier! geh' weiter, was hast davon?!?«

Mitzi zu Franz: »Laßt du mich beleidigen?! Wann ich an *deinem* Tisch sitz'?!?«

Franz: »Laß sie, sie hat dir nix tan, was kümmert sie dich?!« Isabella geht ab.

Mitzi: »Mir scheint, die fliegt auf Ihna, die blattersteppige Funzen, und Se protegieren sie noch. Wanns noch amal herkommt, kriegt's a Watschen! So a schiechs Luder, wanns wenigstens nach was gleich sähert – – –!«

Pause.

Beide trinken Tee mit Rum.

Isabella kommt wieder, geht an den Tisch der Mitzi heran, sagt laut – deutlich: »Fräul'n Mitzi, der Herr Poldl von vorvorgestern, vom Fünfkreuzertanz im Prater, is draußen. Er schickt mich herein, Ihnen die Post zu sagen, daß er *verabredetermaßen* draußen auf Sie wartet – – –.«

Die Mitzi blickt sie haßerfüllt an, beginnt dann bitterlich, bitterlich zu weinen.

Franz: »Wein' nicht, Mitzerl, mir gehören zusamm'! Schau'n's daß abfahr'n, Sie Koberin (Kupplerin), richten's uns keine Posten aus! Es wird doch noch eine Anständigkeit geben in dera Welt – – –!«

Mitzi steht auf, gibt der Isabella eine Watschen (Ohrfeige) – – –.

DIE POST-NOVIZE

Es ist ein etwas frostiger Beruf – –« sagte die alte Postbeamtin zu der blutjungen Novize und zeigte ihr, wie man die Gummirolle, System »L. u. C. Hardtmuth«, behandeln müsse. »Nein, romantisch ist es nicht bei uns, Gott sei Dank. Weit entfernt von Waldesdüften – –.«

Und alle lachten oder lächelten wenigstens und markierten es ziemlich.

»Wenn man denkt«, sagte die blutjunge Novize, »daß man in früheren Jahren alle diese Rekommandier-Coupons selbst feucht machen mußte!? Gibt es denn überhaupt soviel Speichel?!«

Das ganze Bureau lachte. Jawohl, eine Zeit des Fortschrittes!

»Nun«, dachte die Novize, »ein frostiger Beruf?! Alle sind so liebenswürdig mit mir. Wie wenn ich eine Rekonvalescentin wäre. Niemand möchte mich verletzen. Aber bin ich denn aus Zucker?! Hier sind alle so fein mit mir. Wie wenn man sagte: »Auch du mußt in das Joch?!« Wie wenn ich sie alle betröge, komme ich mir vor. Dieses andere Leben aus Langweile und Liebeleien!? Nein, ich weiß nun, wofür ich wenigstens vorhanden bin. Eine geordnete geregelte Lebensweise! Keine ungesunden Träume mehr. Romantisch, war es bei der Frau Tante vielleicht romantisch?! Freilich der Herr Onkel. Nein, da ziehe ich den »Ernst des Lebens« vor. Ich danke.«

Stunden und Stunden und Stunden lang schrieb sie wie im Galopp Rezepisse, gummierte gelbe Streifen, stempelte, tum tum tum tum-pum! Bankverein: an – in Triest, an – in Konstantinopel, an – in Belgrad, an – in, an – in, an – in, tum tum tum tum-pum! Um 5 Uhr kam ein Brief an sie vom Herrn Onkel. Sie wurde ganz rot und zerriß ihn gleich. Eine Unverschämtheit!

Sie galoppierte weiter über die Rezepisse, hop hop hop hop höööh – – aufhalten: »Liebes Fräulein, sehen Sie, wenn Sie sich es so einrichten, geht es viel bequemer.« »Danke sehr.«

Viele Rezepisseempfänger versuchten es, ihre Fingerspitzen zu berühren. Manche berührten wie streichelnd ihre feine weiße Hand. Nur die Bankdiener blieben steinern. Protzen!

Endlich wurde sie müde, ging in einen leichten Trab über, begann ihre Unterschrift zu kalligraphieren.

Um sieben abends, vor Schluß, gab ein Herr in einem weiten Mantel einen Brief ab zum rekommandieren.

»Oh – –« sagte die Blutjunge, »Sie haben viel zu viele Marken aufgeklebt. Westafrika befindet sich noch im Weltpostverbande.«

Ganz rosig wurde sie über dieses prachtvolle Wort »Weltpostverband«. Wie wenn sie in gewisser Beziehung ein Angehöriger wäre dieser Weltenfamilie.

»Das macht nichts«, erwiderte der Herr, »desto sicherer kommt der Brief an.«

»Unpraktischer – –« dachte die Novize.

»Wie heißt die Dame?!« sagte sie, da sie das Rezepisse ausfertigen wollte.

»Miss Nāh-Badûh.«

»In zwei Worten geschrieben?!«

»Natürlich.«

»Eine Negerin wahrscheinlich?!«

»Ja, Fräulein.«

»Und in Westafrika, Christiansborg?!«

»Ja.«

Sie gab das Rezepisse mit ihrer kalligraphischen Unterschrift.

Der Herr blickte sie an, blickte auf ihre feinen weißen Hände herab, und ging. Sie fühlte: »Ein frostiger Beruf?! Keineswegs. Wie ein Ritt ins romantische Land – – –.«

Aber die alte Postbeamtin sagte: »Was brauchen Sie so einen gottverfluchten Narren aufmerksam zu machen, daß er zuviel Marken geklebt hat?! Wenn der Staat an solchen nichts verdiente?! Wozu nützen sie ihm sonst?!«

DAS SCHREIBMASCHIN-FRÄULEIN

Ein ehemaliges altes Palais. Ein riesiger Hof. Eine Freitreppe mit ganz niedrigen breiten Stufen. Aber dann eine steile Turmtreppe zum Schreibmaschinenbüreau. Alles peinlich sauber. Ich bat das Fräulein, mir die »Exzerpte« aus dem Buche: »Über die Verpflichtung der Frau, ihren Leib zu einem ›lebendigen Kunstwerk‹ zu gestalten« abzuschreiben.

Sie sagte: »In Folio oder in Quart?!?«
»In Quart« sagte ich. Sie war riesig groß, schlank, ganz jung, hatte herrliche Hände.
Ich sagte: »Für Sie ist dieses Buch unnütz!«
»O bitte, ich muß alles abschreiben, was man mir aufträgt – – –.«
»Befinden Sie sich wohl in Ihrer Stellung?!«
»Weshalb nicht?! Ich habe 80 Kronen monatlich und Überstunden – – –.«
»Haben Sie heute abend viel zu arbeiten?!?«
»Sehr viel – – –.«
»Dann werde ich verlangen, daß meine »Exzerpte« noch heute abend abgeschrieben werden – – –.«
»Weshalb?!«
»Damit Sie ›Überstunden‹ bezahlt erhalten – – –.«
»Der Herr kann das halten, wie er will – – –.«
War es der Beginn, war es das Ende?!
Aber alle Dinge der Seele beginnen so!

LOCALE CHRONIK

Er las im Café diese Notiz aus dem »*Extrablatt*« vom 21. November.

Ein verschwundenes Mädchen.
Das junge Mädchen, welches das vorstehende Bild zeigt, ist die fünfzehnjährige Bahnbeamtenstochter Johanna H. Dieselbe sollte am verflossenen Sonntag Mittag sich in die Clavierstunde begeben, traf aber dort nicht ein und ist seitdem verschollen. Dieselbe hat rotblonde Haare, braune Augen, eine zarte Gestalt. Die unglücklichen Eltern etc. etc.

Dieses junge Mädchen begann er zu lieben, von ganzer Seele... Sie verwandelte sich in das »gehetzte Reh«, er sah die »brechenden Augen«. Überhaupt, sie entsprach seinem Ideale. Denn erstens hatte sie rotgoldene Haare (er erlaubte sich aus rotblonden rotgoldene zu machen), braune Augen (die beließ er natürlich), eine zarte Gestalt...

Und zweitens wußte man nicht mehr von ihr als dieses, nichts, nichts, als daß sie rotgoldene Haare hatte, braune Augen, und verschollen war, weg, verschwunden...!

Deshalb konnte seine Phantasie...

Aber sie war ja wirklich wunderschön, nicht, nach dem Bilde...?! Und so jung und verschwunden...!

Er begann sie zu lieben, von ganzer Seele...

Er konnte der Dame, die sich für ihn opferte im

»realen Leben«, sagen: »Ah... Du mit deinen...«, oder: »Ich bitte Dich, Herrgott, mach' mich nicht nervös...«, oder: »Genug, still, ganz still... na!«

Aber dieser Verschwundenen wäre er zu Füßen gesunken, hätte ihr die nassen Schuhe, Strümpfe ausgezogen, hätte die Zitternde in sein Bett getragen, das Plumeau bis an den Hals gelegt, hätte ein gutes Holzfeuer angemacht, Tee gekocht und gewacht, gewacht...

Oder er hätte wie ein junger Priester gesagt: »Johanna...!« Oder er hätte... nein, das hätte er nicht!

Im Café sagte Jemand: »Eine Strabanzerin, voilà tout...«

Er fühlte, daß er sich ziemlich lächerlich machen würde, wenn er eintreten würde für...

Aber angenehm war es ihm nicht, dieses Wort, und er hätte gerne gesagt: »Herr...! Mit rotgoldenen Haaren...?!«

Ja, solche Argumente hat die Liebe...

Immer dachte er an dieses erste Wort »Fräulein«, das der Verführer zu ihr gesprochen hatte. Ja, das mußte er gesprochen haben. »Fräulein...!« Und ein ganzes Leben war bereits zerpatscht wie die Fliege unter der Pracke. Ich brauche nicht zu sagen, wie er es sich weiter vorstellte, man kennt das. Aber so stellte er es sich vor: Sie geht langsam mit ihren langen zarten Beinen, ihrer goldenen Flut, in Zöpfe gedeicht, hat den »Mechanismus des Lebens« in der kindischen Seele. Punkt zwölf Clavierstunde, Punkt eins etwas anderes, Punkt zwei, Punkt sieben, Punkt neun! Plötzlich bewirkt Einer eine ungeheure Umwälzung und sagt »Fräulein«. Alle Punkte stürzen untereinander und die Seele wird ein Organismus. Damit ist Alles gesagt. Sie beginnt zu atmen, ein Leben für sich!

Aber was weiß dieser gemeine Zauberer?! Er denkt: »Schöne Beine hat sie ... ich nehme sie mir.«

»Ich kann nicht, mein Herr ... Punkt zwölf ist Clavierstunde ...!«

»Nun, Punkt eins ...«. »Punkt ...« sagt der Verführer, »kommen Sie bestimmt!«

Eine neue Stundeneintheilung ganz einfach, ein Studienplan des Lebens ...!

Punkt neun träumt sie in ihrem Bettchen: »Jemand hat gesagt ›Fräulein‹. Und andere Sachen ...«

Jemand?! Der Mann ist es, das männliche Geschlecht, das ganze Männertum! Die Welt »Mann« hat sich verbeugt, Reverenz gemacht, den Hut tief abgezogen vor dieser Welt »Weib« .... Der *Minotaurus* »Mann« hat eine Jungfrau verschlungen!

Jedenfalls träumte sie: »Punkt eins ...!«

Ah, dieser gemeine Zauberer! Wer war es?! Ein Roué natürlich. Der junge Mann im Café liebte sie bereits von ganzer Seele, deshalb dachte er: »Ein Roué ...« Dieses Wort tat ihm wohl, nicht nur, weil es französisch war und so Vieles besagte. Aber da fühlte er sich schon wie der »Retter aus den Tiefen menschlicher Verworfenheit«, als der, vor dessen reiner Stirne ... Wie hätte er denn sonst strenge und wehmütig zugleich sagen können: »Johanna ...!«, wenn nämlich, in einem gewissen Falle, aber das sind nur

Träume... Aber warum soll man nicht träumen?! Ja, dieses eine Wort »Johanna!« mußte eine zweite ungeheure Umwälzung hervorbringen, die Stundeneinteilung regulieren, die Seele auf ein Neues richten, ein Reineres, wenn sie schon, ach allzu früh, aus dem »kindlichen Schlafe« gerüttelt war...

Nun, so kindisch war er nicht, solche Phantasmagorieen sich auszudenken, höchstens unter der Schwelle des Bewußtseins, wie sich die Modernen ausdrücken. Aber oberhalb der Schwelle liebte er sie schwärmerisch und in die Welt hinein, wie einst als Knabe die kleine Camille aus »Les petites filles modèles«, Bibliothèque rose. Denn als Camille dort, in Tränen aufgelöst, sagte: »Oh maman..« und Madame des Renaud sich zum gehen wandte, rief Madelaine: »Je l'ai fait, moi, maman, oh oui, certainement...«. Und obzwar es Madelaine gar nicht getan hatte, sondern sich opferte, hatte er nur ein seliges, unbeschreiblich seliges Gefühl in seinem kleinen Herzen: »Camilla wird nicht gestraft werden...! Oh, Madelaine, bringe Dich zum Opfer!«

Aber wer war denn Camilla?! Eine Erfindung der Madame de Ségur, née Rostopschine, Bibliothèque rose.

So liebte er jetzt die Verschollene vom »Extrablatt«, beklagte tief ihr Schicksal. »Fünfzehn Jahre...« fühlte er, »und diese schönen Farben, goldblond und braun, von den schneeweißen gar nicht zu reden...«

Aber an die schneeweißen dachte er: »Glieder wie frisch gefallener Schnee...«

In ihm sang es: »Eine geknickte Blume Gottes, ein zertretenes Frühlingsglöckchen!«

Er kaufte das »Extrablatt«, obzwar es im Café siebenmal auflag.

»Wie zart sie ist, oh Gott…« dachte er. »Das kleine Kreuz am Halse, die geschreckten Augen!« Alles betrachtete er.

»Wollen Sie sich Finderlohn verdienen…?!« sagte der Marqueur, welcher ziemlich naseweis war.

»Aber unbeschädigt muß das Objekt sein…« sagte ein Anderer.

Und Alle lachten.

Er aber träumte: »Am Weiher, am grauen Weiher steht sie vielleicht, stützt das Kinn in die Hand, hält mit der anderen den Ellbogen und das Wort »Fräulein« fliegt wie eine Wildente vor ihr auf und in den kalten Nebel hinein… Die Sonne glotzt blutigrot oder es ist schon schwarz und sie erfriert mir…

Ich gehe Nachts, da, dort, wo die Großstadt in »ländliche Ebene« abfließt, abtropft, sehe ein Kind…

Ich sage: »Johanna…!«

Ganz gewöhnlich sage ich das. Wie wenn man sagte: »Reiche mir das Brot über den Tisch« oder »bitte, zünde die Lampe an«.

Sie steht auf, kommt zu mir. Wie schön sie ist! Ich denke an »Ihn«, den All-Erbarmer, lege meine Hand sanft auf ihren Kopf, sage: »Johanna, Johanna…« und »Johanna…!!«

Still ist es. Der Wind weht über's Feld.

Sie sagt: »Wie spät ist es…?!«

»Johanna«, sage ich, »wir werden Alles zusammen bedenken, Du bist ja ein gutes braves Mäderl...?!«

Sie drückt sich an mich an.

»Ja«, sage ich stark, »Du bist gut und brav, brav bist Du...!«

Das war die heilige Beichte.

Ich habe es ihr abgenommen... Der Herr und Magdalena..!

Glaube ist fast schon Sein! Wenn ich an Dich glaube, bist Du!

Wie sie sich an mich andrückt...

»Ich glaube, daß Du gut und brav bist, Johanna...!«

Der Wind weht über's Feld und ich führe sie gen Morgen!«

So träumte der Träumer..

Mein lieber Leser, Du denkst gewiß, den nächsten Tag käme in die Zeitung so eine desavouierende Notiz, eine, die Dich umstimmte, aus allen Himmeln risse, so ein feiner Schriftsteller-Tric, das Heraustreiben von Gegensätzen, um paff zu machen, wie: »Die Affaire hat sich ziemlich unpoetisch gelöst, das ungeratene Kind...« Oder: »Die Betreffende wurde einer Zwangscorrections-Anstalt..‹ Oder. »Jung verdorben...«

Nein, das Leben ist taktlos, übersieht die feinen Pointen...

Johanna H. blieb verschollen.

Der Wirbel des Großstadtmeeres hat sie verschluckt...

Immerhin wurde sie in ihrem kurzen Leben geliebt

wie Wenige! Denn nur von Wenigen erfahren wir nichts Störenderes für unsere »holde Phantasie«, als daß sie fünfzehn Jahre waren, goldblonde Haare, braune Augen hatten und verschollen sind, weg, verschwunden...!!

DIE BONNE

Von allen, allen war sie weitaus die Beste! Denn sie sprach nichts und trug ihr Schicksal der mißachteten Dienenden! Sie aß, was man ihr vorsetzte, nie fragte man sie, ob es ihr genehm sei, ob sie Spinat vielleicht Erdäpfeln vorziehe?!? Aber diese anderen, diese ›gemästeten‹ Damen, in eigenem Egoismus, und in der schweigsamen Feigheit ihrer Gatten gemästeten Damen, machten einen Cas aus jeder mißliebigen Speise – – –. War die Bonne denn aus anderm Fleisch und Blut, hatte sie denn weniger Anrecht, dieses zu lieben und vor jenem zurückzuschrecken?! Man verhöhnte sie, weil sie gerne edle Zigaretten rauchte und doch dazu nicht berechtigt wäre infolge ihrer sozialen Position und ihrer ökonomischen Verhältnisse – – –. Rauche du ›Sport‹, oder noch lieber, rauche du gar nicht! Hast du denn ein Anrecht auf Vergnügen?! Meine Liebe, überschreite doch nicht die Grenzen deiner Nichtigkeiten! Die »Damen« aßen stundenlang Solokrebse, mit leidenschaftlichem Behagen; aber die Bonne saß schweigend da, ja in tragischestem Schweigen, bedrückt von der miserablen Behandlung, die man ihr von allen Seiten angedeihen ließ – – –. Da legte der Dichter zehn Zigaretten En A-Ala, großes Format, vor sie hin – – –. Sie wurde schrecklich verlegen über diese ihr ungewohnte Ovation. Sie glaubte dennoch nicht einen Augenblick lang, daß er ihr ›den Hof‹ machen wolle auf diese Weise, sondern daß er nur die andern züchtigen wollte für ihre Un-Menschlichkeiten! Bald darauf wurde ihr der Dienst gekündigt, und man gab allmählich auch den Verkehr mit dem allzu ›exaltierten‹ Dichter auf. Was übrigblieb von dem allen, waren zehn Zigaretten En A-Ala, großes Format, die die Bonne in einem eigenen kleinen Schreine sorgsam verwahrte – – –.

DIENSTBOTEN

Sie arbeiten von sechs Uhr morgens bis zehn abends. Sie erwachen ermüdet. Und trotzdem sind sie frischer, lebensfähiger als alle anderen. Um sieben morgens im Kaffeehaus entspinnt sich (ein nettes Wort »entspinnt«), entspinnt sich folgendes Gespräch zwischen der unausgeschlafenen Kassiererin und der unausgeschlafenen Kaffeeköchin:

»Sie, Köchin – – –!«

»Wer is denn Ihnere ›Köchi*n*‹?! Sie haben ›*Marie*‹ zu mir zu sagen!«

»Na na, schamen's Ihnen vielleicht, eine ›*Köchin*‹ zu sein?! Mir können's ›Kassiererin‹ sagen, i halt' nix auf mein' Eigennamen!«

»Sie, ja Sie, Sie bilden Ihnen noch etwas ein auf Ihren ›Kassiererin-Titel‹!«

»Einbilden, was heißt einbilden?! Is das was zum *schämen*, wann man sich ehrlich seinen Lebensunterhalt verdient?!«

»Tun's mit mir da net philosophieren. I vertrag dös Wort ›*Köchin*‹ net. Sagen's ›*Marie*‹ und fertig! S' wird Ihnen net die Zungen auskegeln!«

»Ah, warum soll i ›Marie‹ sagen, san Sö a Prinzessin?!«

Ich, mich einmengend. »Haben die Damen gar keine anderen Sorgen?!«

Scheinbar haben sie aber wirklich keine anderen.

ERLEBNIS

Hans Schließmann bat mich dringend, doch am Freitag abend nach Hietzing ins Parkhotel zu kommen, wo der temperamentvolle, geschmackvolle *Dostal* von den 26ern konzertiere, in dem schönen, weiten Garten. Es wurde halb 12 Uhr nachts, und Schließmann war besorgt, daß ich noch die letzte Tramway erreiche. Sie fuhr aber an uns vorüber. In demselben Augenblick hielt ein eleganter Gummiradler knapp vor uns an, und zwei frische Mädchenstimmen jubelten: »Peter, Jessas, Peter, was machst denn du da in Hietzing?!« – »Ich habe die letzte Tramway versäumt«, erwiderte ich geschäftsmäßig und ohne Begeisterung der Freude des Wiedersehens mit den herrlichen urwüchsigen Kindern. – »Tu dir nix an, Peter, wir nehmen dich mit in unser'm Wagen, wir fahren eh nach Wien, ah, so ein glücklicher Zufall – – –.« Hans Schließmann stand gerührt da im Angesichte solcher wirklich seltener glücklicher Zufälle, dankte den guten, schönen, herzigen Mädchen im Namen seines beneidenswerten Freundes und sagte, daß das »goldene Wiener Herz« doch noch nicht ganz im Aussterben begriffen sei, wie er bisher vermutet habe – – –.

Wir fuhren davon. Bei dem Mariahilferberg sagte das eine der süßen Mädchen. »Peter, was wirst also dem Fiaker bezahlen?!« – Ich erwiderte: »Nichts. Ich bin eingeladen worden.« – »No, no, tu dir nix an, Schmutzian, wegen die paar Krandln.« Für den Zahlenden sind es immer »Kronen«, für den, der bezahlt wird, nur »Krandln«. Ich erwiderte: »Ich bin euer Gast.« – »Wärst vielleicht zu Fuß nach Wien gehatscht, du Narr?!« – »Ich hätte mir vielleicht im Notfalle einen Einspänner genommen.« – »No, also, sixt es, jetzt kommen wir aufs gleiche.« – »Also gut, ich werde die Taxe für den Einspänner erlegen – – –.«

»Da schau her, im Gummiradler fahren und Einspännertax' zahlen, geh, i wer mi glei giften –.« – »Also, bitte, wieviel habe ich zu bezahlen?!?« – »Zehn Kronen, es is eh kein Geld.« – Ich fand das zwar nicht, daß es kein Geld sei, aber ich fragte: »Wieso, bitte, zehn Kronen?!?« – »No, san mir früher, bevor mir di aufg'fischt haben, du Schnorrer, net ein bisserl in Hietzing herumg'fahren, bei so an' schönen Abend, mir scheint, du gönnst uns dös nöt!?!« – Ich erwiderte, daß ich ihnen es herzlich gönne. – »No, also, du bist ja ein g'scheiter Mann, du bist ja unser Peterl – – –.« Also das Peterl bezahlte die zehn Kronen. »No, und mir san gar net auf der Welt?!« sagten die beiden Süßen. »Unsere Gesellschaft ist gar nix wert, mir san nur die Zuwag zum Fleisch, da schau der eahm an – – –.« Ich gab einer jeden noch eine Krone. »Peter, Peter, wir haben dich immer für an' veritablen Dichter g'halten, für an' besseren idealisch veranlagten Menschen; no, sagn mer, es war nix – – –.« Ich ließ den Wagen halten, stieg aus. »Peter, bist bös?!« – »Nein. Weshalb sollte ich bös sein?!« – »No, war's net ganz unterhaltsam?!« – »Sehr«, erwiderte ich. An Hans Schließmann schrieb ich sogleich noch in der Nacht eine Karte: »Was Ihre Korrigierung Ihrer Ansicht über das im Aussterbeetat befindliche ›goldene Wiener Herz‹ betrifft, so bitte ich Sie sehr, mit der Korrektur bis zum nächsten Freitag zu warten, wo Dostal von den 26ern wieder im Parkhotel Hietzing konzertiert. Da erfolgen nämlich mündliche Aufklärungen – – –.«

Am nächsten Tage traf ich das eine der süßen

Mädchen. »Peter, gut, daß ich dich treff'. Kaum warst du gestern ausgestiegen, so durfte ich mich auf den Bock setzen und kutschieren und der Herr Fiaker ist zur Mitzl in den geschlossenen Wagen eingestiegen. Und dann hat er uns deine 10 Kronen geschenkt. Das is a Kawalier, da nimm dir ein Beispiel!« Ich schrieb sogleich an Hans Schließmann: »Ihre erste Regung war die richtige. Es gibt doch noch ein ›goldenes Wiener Herz‹ – –.«

TRAMWAY-SZENE ZEHN UHR NACHTS BADEN-WIEN

Ich sagte leise zu meiner zarten, müden Freundin: »Weshalb wir hier in diesem kleinen ›Tribus-Winkel‹ so lange halten müssen, niemand steigt aus, niemand steigt ein?!«

Sie sagte leise: »Es wird schon einen Grund haben, Peterl! Reg dich nicht auf!«

Plötzlich riß der alte, rote, dicke Herr neben Paula die Türe auf: »Sie, Kondukteur, warum fahren wir denn nicht weiter, Kruzifix noch einmal?!«

»Weil wir noch warten müssen!«

»Auf wen, auf was?! Bis Ihna ausdischkuriert haben mit dem Herrn Stationsscheff?!«

»Solche Bemerkungen verbiete ich Ihnen, ich bin

Kondukteur des Fahrwagens und Sie sind nur der Passagier!«

»Was, ich bin nur ein Passagier, ich bin ein Mensch, der sich nichts Unrechtes gefallen läßt, merken Sie sich das, Sie Trottel!«

»Meine Herren, ich bitte um Zeugenschaft, Trottel hat er zu mir gesagt!«

»Ah, da schaust' her, jetzt darf man sich nicht einmal mehr erkundigen, warum ein Zug so lang steht?!«

Paula sagte leise zu mir: »Peterl, reg dich nur nicht auf über die ganze Szene, es kommt zu nichts!«

Ich sagte: »Selbstverständlich, Worte ›erlösen‹! Nur wer verstummt, sticht eventuell zu!«

INFEKTION

Mein Raseur machte mir einen unbedeutenden *Kratzer. Plötzlich* dachte ich: »Wenn er mit *dem* Rasiermesser gerade einen, der zufällig – – –?« Infolgedessen kaufte ich für schwere 7 Kronen ein eigenes Messer. »Sind Sie ein Aristokrat?!« sagte sogleich jemand, »ein eigenes Messer, so ein übertriebener unnötiger Luxus?!« Mein Raseur sagte: »Ja, aber der ›Pempstel‹ (Rasierpinsel)!« Ich sah es ein und kaufte einen eigenen »Pempstel« aus Dachshaaren, 6 Kronen, wenn schon, denn schon. Der Raseur sagte:

»Wundervoll. Aber Seife und die Einseifschale?!« Ich kaufte beides, 2 Kronen 50. Als der Raseur mein *eigenes* Messer am Lederriemen abzog, sagte ich: »Ziehen Sie auch die anderen Messer an *demselben* Riemen ab?!« »No na, für an jedes wird man an eigenen Riemen haben!« Ich kaufte einen Abziehriemen, 1 Krone 50. »Das neue eigene Messer kratzt!« sagte ich. »Merkwürdig, ich hab's doch schon zweimal auf dem *Ölstein* abgezogen!« »Was für ein Ölstein?!« »Alle Messer, was kratzen, werden auf dem Ölstein abgezogen!« »Wieviel Ölsteine haben Sie!« »Einen!« Ich kaufte einen Ölstein, 2 Kronen. Das Öl aus dem Fläschchen darf »gemeinsam« sein. Der Raseur sagte: »Merkwürdig, da is mir amal ein Fall passiert, da hab ich einen jungen Grafen gehabt, der alles sein eigen gehabt hat, und, hast du nicht gesehn, eines Tages?!« Ich dachte: »7 Kronen und 6 Kronen und 2 Kronen 50 und 1 Krone 50 und 2 Kronen macht 19 Kronen!«

DER TAG DES REICHTUMS

Ich wollte einmal einen halben Tag lang das Leben eines Reichen erleben. Ich ließ mich von einer reizenden Frau und ihrem Gatten in ihrem Mercédès vom Hause aus abholen. Ich fuhr zu meinem Raseur, Teinfaltstraße, mich verjüngen zu lassen, besonders mit der Menthol-Franzbranntwein-Spritze auf den Kopf. Ein Ersatz für jedes kalte Bad! Dann fuhren wir nach Baden. Dort badeten wir in den Kurhauswannenbädern, vierundzwanzig Grad Celsius. Dann ließen wir uns kühle Hotelzimmer aufsperren und schliefen eine halbe Stunde lang. Dann aßen wir Solospargel, Hirn en fricassé. Dann fuhren wir weiter, nach Heiligenkreuz. In kühler Halle tranken wir duftenden Tee mit Zitrone. Abends zurück, in eiliger Fahrt.

Die Wiesen dufteten, und die Wälder standen schwarz und unbeweglich-melancholisch unter dem Abendhimmel, der leise leuchtete.

In Wien verabschiedete ich mich.

Im Café Ritz fand ich jene junge Dame, die schon lange meine Augen beglückte. Braunes Haar, blauer Strohhut, Stumpfnase. Ich wollte den Tag feierlich beschließen. Ich sandte ihr drei wunderbare ganz dunkle Rosen und einen Eierpunsch, dieses Lieblingsgetränk der meisten solchen Damen. Sie nahm es huldvollst an, ausnahmsweise.

Sie kam an meinen Tisch und sagte:

»Macht es Ihnen wirklich eine so große Freude, mir Aufmerksamkeiten zu erweisen?!?«

»Ja gewiß, sonst täte ich es ja nicht!«

»Also, dann brauche ich ja nicht dankbar dafür zu sein – – –!?«

»Nein, keineswegs. Sondern ich Ihnen!«

Das war der Tag des Reichtums – – –.

DER SPAZIERSTOCK

Ich gebe es zu, daß ich einen Fanatismus für besonders aparte Spazierstöcke besitze, vielleicht sogar der Beginn eines kommenden Irrsinns, wobei man dann an schönen Spazierstöcken seine *ganze Lebensfreude* hat! Der Wald, der See, Frühling und Winter, die Frau, die Kunst versinken, und es bleibt dir als einzig Lebenfüllendes: Der schöne Spazierstock! Obzwar ich diese heimtückische Entwicklung einer Vorliebe nicht bei mir befürchte, kann dennoch *jede Lieblingsempfindung* leider in unserem Nervensystem zu einer »idée fixe« auswachsen, sich organisieren. Nun, ich kenne sämtliche Spazierstöcke in den Wiener Geschäften, habe überall meine ausgesprochenen Lieblinge, die merkwürdigerweise am seltensten weggekauft werden. Wundert Sie das, Herr Peter Altenberg, bei Ihrem verschrobenen Geschmack?! Eine junge Dame schenkte mir einst einen solchen tief ersehnten Spazierstock, der zwei Jahre lang in der Auslage stand. Er bestand aus hellgrauem Kapziegenhorn und Zuckerrohr. Es war ein äußerst gelungenes Wiener Fabrikat nach englischem Muster und kostete nur 11 Kronen. Zuerst nähte mir die junge Spenderin ein Futteral aus dünner Rehhaut, mit brauner Seide, für den Griff.

Aber da sagten alle im Café und im Restaurant: »Was fehlt Ihrem Herrn Stock?! Hat er sich verkühlt bei der schlechten Witterung?!?«

Einer sagte: »Peter Altenberg, Sie sind gerade auffallend genug. Lassen Sie diese gewaltsamen Anstrengungen, sich lächerlich zu machen. Es geht auch von selbst!«

Mein Spazierstock wurde oft umgeworfen. Einmal sagte mir ein Herr: »Schauen Sie nicht so vorwurfsvoll, glauben Sie, ich habe es *absichtlich* getan?!?«

»Nein«, erwiderte ich, »das glaube ich nicht; denn welchen Grund sollten Sie haben, meinen armen Spazierstock *absichtlich* umzuwerfen?!«

»No also, sehen Sie, nur ein bissel vernünftig sein«, sagte der Herr und verzieh mir.

Infolge dieser peinlichen Ereignisse trug ich in jeder Woche meinen geliebten Spazierstock in die kleine Handlung, wo er gekauft war, und bat, die Schäden durch Politur usw. usw. wieder auszugleichen. Der Verkäufer sagte immer liebenswürdiger: »In zwei bis drei Tagen! Für die Reparatur ist nichts zu bezahlen!« Allmählich merkte ich es, daß er mich für einen »Stock-Narren« hielt und den Stock niemals auch nur dachte in die Reparatur zu geben. Er sagte immer: »Soeben ist der Stock aus der ›Fabrik‹ gekommen! Wie wenn Sie es erraten hätten!« Einmal merkte ich mir eine kleine Abschürfung.

»Diese kleine Abschürfung ist aber noch immer vorhanden«, sagte ich bescheiden.

»Ja, das geht eben bereits in die organische Struktur des Ziegenhornzellgewebes, das kann selbst unsere Fabrik nicht mehr herausbekommen – – –.«

Ich dachte: Hättet ihr ernstlich gefeilt, geschabt,

politiert, so wäre von meinem wunderbaren Kapziegenhorngriff heute nichts mehr vorhanden. Wie danke ich euch daher für eure fürsorgliche Weisheit. »Er ist ein *Stock-Narr*! Man muß ihn schonen!«

ÜBER SCHREIBFEDERN

Jeder Kultur-Mensch müßte eine Schreibfeder haben, die irgendwie mit seiner Persönlichkeit zusammenhinge! Man müßte es sich einfach nicht recht vorstellen können, wie er mit einer anderen schreiben könnte. Jede andere müßte für ihn direkt eine Gedanken-*Hemmerin*, eine Empfindungs-*Zurückdrängerin* sein! Während die ihm zugehörige Schreibfeder gleichsam von selbst Geist und Seele zu Papier brächte, in Schrift umsetzte!

Meine Feder ist die blaue Stahlfeder Kuhn 201. Wie eine Cremoneser Geige, wird sie durch Benützung immer sanfter und besser. Oft scheint sie fast dem sogenannten »Gedankenfluge« vorauszueilen. Jedenfalls überlasse ich mich ihr, als einer sicheren edlen Führerin.

Ein ausländischer Psychologe schrieb mir vor zwei Jahren: »Ich brauche es für ein grundlegendes Werk – – – was wissen Sie mir über die Art Ihrer Produktion Wichtiges mitzuteilen?!?«

Ich erwiderte sofort: »Blaue Stahlfeder Kuhn 201, Papier–Groß–Quart–Format, starke Pappendeckel-Unterlage, um, im Bette liegend, schreiben zu können. Seelenruhe und etwas Geld. Alles andere nebensächlich!«

Wenn mir eine junge Dame sagt: »Ich schreibe alles nur mit der Feder so und so«, wird sie mir bereits dadurch innerlich nähergerückt. Wenn eine ältere Dame es sagt, halte ich es für eine Schrulle.

Keine bestimmte Schreibfeder zu benützen, ist ein Zeichen von »mangelnder Individualität« würde ein Moderner dekretieren.

Ich aber sage nur sanft und bescheiden: Blaue Stahlfeder Kuhn 201, sei bedankt!

DIE KUNDSCHAFT

Herr von Altenberg, was verschafft mir die Ehre, womit kann ich dienen, was is denn schon wieder passiert, Sie schaun so aufgeregt drein!?«

»Der Rahmen ist von selbst aus dem Leim gegangen!«

»Von selber?! Sie werden halt recht damit herumg'haut haben, ein nervöser Mensch, ein Dichter!«

»Herumgehaut?! Mit einem Bilderrahmen, der an der Wand hängt?!«

»No an der Wand is er nicht von selber g'sprungen! Da muß man schon bissel mithelfen, *so* ist das nämlich nicht!«

»Was kostet die Reparatur?!«

»Ah, zahlen wollen's?! Was sie kost? Gar nix kost' sie. So a schlamperter Arbeiter, laßt ihn net langsam trocknen, nur immer gleich abliefern, abliefern – –.«

DER FORTSCHRITT

Es ist tragisch genug, daß die meisten Verbesserungen in jeglicher Sphäre des Lebens wie von einer heimtückischen bösen Macht, vor allem vom bösen Zauberer »Gewohnheit« hintertrieben, aufgehalten, zerstört werden. Bei vielen Dingen kann man Gründe dafür finden, und sich daher wenigstens teilweise historisch-philosophisch über das Beharrungsvermögen des menschlichen Geistes beruhigen. Es gibt jedoch eine ganze Anzahl herrlicher Neuerungen, deren Nichtpopulärwerden man absolut nicht begreift. Dazu gehört die amerikanische Schuhputzmaschine. Ich kenne eine einzige in ganz Wien, im Hausflur des Cafés am Mehlmarkt. Man wirft zehn Heller in den Spalt, und dein Fuß wird dir sanft hineingezogen in die Maschine, und der Schuh dabei von Staub und Kot gereinigt. Dann wird er ebenso sanft wieder herausgeschoben und dabei gewichst und glänzend gebürstet! Man muß nur die Hose ein bißchen hochheben, da diese weder gewichst noch auch glänzend gemacht zu werden wünscht. Auch muß dein Fuß der Maschine völlig nachgeben, denn sie allein weiß, was für deinen Schuh zweckmäßig ist, und sie entläßt ihn erst zur rechten Zeit. Weshalb sind solche herrlichen und gutmütigen Maschinen nicht schon längst in den Vestibülen von Hotels, Cafés, Theatern aufgestell?! Es ist fast eine Tragödie, es zu erleben, wie selbst in den allereinfachsten Dingen niemand das Herz und den Sinn dafür hat, seinen Nebenmenschen das Leben ein bißchen zu erleichtern. Dabei wäre es noch ein Geschäft, natürlich für beide Teile. Wie muß man da im vorhinein verzichten, in noch schwierigeren Lagen, unterstützt, betreut zu werden!?

Jemand sagte zu mir: »Es paßt mir nicht, daß diese Maschine mir meine zarten Chevreauschuhe mit einer minderwertigen Creme putzt!« Ich erwiderte ihm, daß die Maschine nur Staub und Kot entfernte und dann glänzend bürste, also eigentlich mit jener Creme, die ein jeder Schuh schon von selbst habe. »Ach so«, sagte er tief enttäuscht darüber, daß er der neuen Schuhputzmaschine, die bescheiden ihre Pflicht erfüllt, kein Klampfl anhängen konnte, ihr kein Bein stellen konnte, über das sie schmählich stürzen müßte!

EISENHANDLUNG. WIEN

Ich bitte höflichst um einen Ihrer schwedischen herrlichen Doppel-X-Haken für Wandbilder.«
»Wir haben gestern leider gerade unseren letzten verkauft!«
»Ja, ich habe ihn noch erstanden für 14 Heller. Weshalb haben Sie nicht bei den letzten tausend nachbestellt?!«
»Ja, wissen wir denn, ob sie ›gehen‹ werden?!«
»Es ist doch eine große Nachfrage!?«
»Ja, aber kann man sich darauf verlassen?!«
»Die schwedischen X-Haken sind aber doch direkt ideal, schön und praktisch!«
»Was heißt ideal?! Unsere alten Wandhakerln waren auch nicht schlecht. Weil's jetzt X-Haken heißen?! Hakerl is Hakerl!«
Ja, dich sollte man mit dem ›Hackerl‹ erschlagen!
Daß es sogar in Eisenhandlungen *Rückschrittler* gibt?!

JAPANISCHES PAPIER, PFLANZENFASER

Er hatte ihr bereits alles geschenkt, was eine liebevolle zärtlichste Seele sich ausdenken könnte – – –. Nun war er am Ende seiner liebevollen

Phantasie, und er hätte sich nur noch wiederholen können – – –. Sie hatte in wunderbarer moderner Auffassung alles angenommen; denn sie fühlte es, daß es eine heilsame Medizin sei für seine erkrankte Seele, besondere Dinge zu schenken, zu schenken, zu schenken – – –. Sie nahm es an, wie eine Verpflichtung gegenüber einem Herzen, das man, wenn auch unabsichtlich, krank gemacht hat; und sie sträubte sich daher auch nicht gegen solche Geschenke, die unter andern Umständen einen zu intimen Charakter gehabt hätten, wie Schirm, Handschuhe, Gürtelschnalle, Taschentücher und so weiter, und so weiter, und so weiter – – –. Nun aber war er zu Ende mit Realität und Phantasie, insofern seine Geldmittel es gestatteten – – –. Da las er in einer Zeitung eine Annonce eines echt japanischen Klosettpapiers, aus japanischen Pflanzenfasern, unerhört zart und dennoch fest im Gefüge, wovon ein Paket freilich eine Krone achtzig Heller kostete, während die einheimischen besten Sorten für eine Krone zu haben sind – – –. Er kaufte zehn Pakete und schickte sie ihr. Sie war anfangs ganz entsetzt, beleidigt und gekränkt. Aber allmählich gewann das natürliche Denken die Oberhand. Und sie schrieb einfach zurück: »Nunmehr, Zartfühlendster, wird es Ihnen aber wirklich sehr schwer fallen, noch irgend etwas sich auszudenken, was mein Leben mir erleichtern könnte – – –.«

PA-KOLLIER

Ich bin einfach paff, auf der Straße, in den eleganten Restaurants, im Theater noch immer einer Menge Damen zu begegnen, die noch kein PA-Kollier tragen. Da erfinde ich wunderbare Perlenschnüre in Porzellan, Holz und Seide, und man verhält sich renitent. Soll denn die tiefe Idee, daß man von der Dichtkunst allein nicht leben könne, gar nicht belohnt werden?!? Wer hat denn dieser Idee besseren Ausdruck gegeben als ich, der ich mir beim Magistrat einen Hausierschein erworben habe?!? Dabei haben meine Schnüre die schönsten Namen, die gar nichts kosten, und eine Bleiplombe mit meinem Namen, die auch gratis ist. Die Namen sind – – – aber ihr kauft sie ja doch nicht! Die Namen sind also: Vorfrühling (apfelgrün-hellbraun), Heidelbeere (schwarzbraun), Spätherbst (dunkellila-hellbraun), die Gmundener Schnur (grünschwarz-grau), Salamander (gelb-schwarz) usw. usw. Es gibt bereits zwanzig verschiedene Schnüre, aber das interessiert euch natürlich nicht! Freilich, wenn es sich um praktische warme Winterkleider handelte, da seid ihr dabei! Ich will übrigens nicht unartig sein und der Menschheit lieber noch ein wenig Zeit lassen, zur Besinnung zu kommen. Vielleicht ist doch mit ihr ein Geschäft zu machen!? Ich habe zwei junge Arbeiterinnen sitzen, mit Stumpfnäschen und Cleo de Mérode-Frisuren, die einen Taglohn beziehen wie keine Arbeiterin dieser Erde! Direkt einen romantischen Taglohn. Ich selbst beziehe ihn von einem reichen Freunde, den ich anpumpe, unter dem Vorwande, es müsse ein Weltgeschäft werden. Aber es kräht kein Hahn danach. Die Arbeiterin braucht zu jeder Schnur geschlagen dreiviertel Tage. So lange Pausen macht sie. Nein so exakt und delikat ist die Arbeit. Es wird nie eine *Fabrikware* werden können, nie! Weil man nicht einmal einzelne kauft.

Ich mache auch Schnüre in Halbedelsteinen. Die eine heißt »Der graue Tag«. Ich darf dieselbe leider nicht schildern, weil ich den *Musterschutz* für Frankreich, England und Amerika noch nicht erworben habe, und sie sich darauf sonst stürzen würden!

Ich sage daher nur: sie ist weiß, grau und grün.

Jetzt werden die beiden Länder schlaflose Nächte haben.

Gestern, in der Vorlesung eines Dichters, erblickte ich zum erstenmal eine Schnur, »Heidelbeere« benamset, an der wirklichen weißseidenen Bluse eines wirklichen lebendigen und überaus süßen Geschöpfes. Ich war tief gerührt. Also doch eine!

Später erinnerte ich mich, daß ich sie ihr einige Tage vorher zum Geschenk gemacht hatte.

Eine der Schnüre in Halbedelsteinen heißt »Moos im Schnee«. Wenn ich daran denke, daß es Leute geben wird, die sich diese Schnur werden erkaufen können, bekomme ich direkt Verzweiflungen über die heutige Ordnung der menschlichen Gesellschaft. »Was, du Hund, für dein armseliges Geld willst du dir diese Weltenpracht, an der meine ganze Künstlerseele hängt, erkaufen können?! Geben Sie zehn Kronen drauf, und die Schnur gehört Ihnen, wie sie geht und steht...«

Ich bin durch den Gedanken an Erwerb augenscheinlich bereits ganz verkommen. Bisher ließ ich mich von einem geliebten Bruder erhalten, der es leider nicht dick hatte. Aber jetzt, wo ich anfange, auf eigenen Füßen zu stehen, verliere ich jeglichen Halt.

Ich kann nicht schließen, ohne einen unserer berühmtesten Schauspieler zu zitieren, der an mich schrieb: »Ich habe nie daran gezweifelt, daß Ihre *kunstgewerblichen Erdichtungen* mit Ihren *anderen* gleichen Schritt halten...«

Ich denke seitdem ununterbrochen gespannt darüber nach, ob das ein Lob oder eine Beschimpfung ist?!?

MUSTERSCHUTZ

Unterfertigter meldet höflichst einen Musterschutz an für folgenden kunstgewerblichen Gegenstand *(Brosche)*:

Es sind vom Stein-Schleifer *geschliffene* und *politierte* Donau-Kiesel in allen Farben und Formen, in *beliebigem* Metalle gefaßt mit Nadel, als Brosche, Anhänger, Krawattennadel, Schnalle etc. etc. zu tragen und zugleich als *patriotische Gabe*, 20% des Reingewinnes der Kriegs-Blinden-Fürsorge, aufzufassen. Das Ganze ist eine vollkommen neue Erfindung des Unterfertigten und dient patriotischen *Gefühlen* und *Zwecken*! Name: Donau-Kiesel

Ergebenst
Peter Altenberg
Schriftsteller
Wien I. Grabenhotel.

PLEITE

Das Delikatessen-Geschäft X.Y.Z. ist zugrund gegangen, *obwohl* es inmitten der Stadt war und *obwohl* Frau v. T. stets sagte: »Bei mir kommen nur Delikatessen von X.Y.Z. auf den Tisch, extra solide Ware!« Das Geschäft war »*idealistisch*«, also »*lächerlich* in unserem Sinne« geführt, das *Beste* ist für die Kundschaft gerade gut genug! Welche Prinzipien, bitte, in dieser heutigen Konstellation?! Das ist schön für Lehrbücher angehender Lehrlinge, aber doch nicht für das reale ernste Leben!? Die Sardinen waren wie kleine Haifische, aber soll das sein?! Der vertrocknete Käse wurde weggeworfen, und Jedermann wurde ernstlich davor gewarnt, Datteln oder Malagatrauben zu kaufen! Wenistens in diesem Monate, mit schlechter Ernte. Vielleicht, hoffentlich, käme es demnächst besser. Den geehrten Kundschaften könne man *diesen* Schund *nicht* anhängen, dazu habe man nicht das Herz trotz allem. Niemand wird sich wundern, daß diese Delikatessen-Handlung X.Y.Z., inmitten der Stadt gelegen, dennoch zugrunde gegangen ist.

So gehen nämlich auch alle *wirklichen* Dichter, Künstler, Menschen, Mädchen *zugrunde*! Wer *prosperiert* hienieden, Der weiß es wenigstens, *wieso, wodurch* er prosperiert!

ROMANTIK DER NAMEN

In der großen Welt gibt es natürlich *andere* Namen: Beethoven, Goethe, Bismarck. Aber in der ganz kleinen, unserer *höchsteigenen* Welt, gibt es *andere* Namen, besonders die aus der Kindheit, also aus *unserem* Historischen her, aus der sogenannten »Alten Geschichte« unseres bedeutungslosen Daseins her! Hietzing bei Wien, Unter-St. Veit, Ober-St. Veit, der Himmelhof, die Penzinger Au, das Penzinger Schwimmbad. Es gab nichts Besonderes, und *alles* war *besonders*. Der lila Schillerfalter, den man fing oder nicht fing, der Duft von Weiden und Brackwasser. Wenn man mir sagt: »Wien, o Wien!«, aufrichtig gesagt, seien Sie mir darob nicht gram, ich spüre *nichts dabei*. Wenn man mir sagt: »Die *Umgebung* von Wien«, da habe ich »Heimweh«, wie der Tiroler, wie der Schweizer. Nein, wie der *Wiener.*

DIE DONAUINSEL »GÄNSEHÄUFEL«, STRANDBAD BEI WIEN

Die Luft ist vollkommen staubfrei, die Wasserfläche ist wie ein weiter See. Die Insel besteht aus Weiden und Donausand. Es ist ein Labyrinth von Weiden, ein Urwald, ein Riesengeflechtwerk. Schützet diese Insel wie ein *Lebensheiligtum,* das *Lebensenergien* zubringt dem Leib des armen Städters! In der Praterstraße ist noch das Gift der Großstadt, und eine Viertelstunde später kannst du dich reinbaden von allen Schädlichkeiten! Aus dem Gewirre von kühlen Weiden blickt die Natur dich liebevoll an, trägt dir ihre Regenerationskräfte an, ohne dich zu zwingen! Wie eine heilige Insel ist es der *physiologischen Wahrhaftigkeiten,* ein moderner Jungbrunnen aus dem alten Märchen! Die malträtierte halberstickte Haut trinkt nun hier mit ihren Milliarden Poren Licht und Luft in sich hinein, sucht alle Sünden emsig auszugleichen, während die Seele, angeregt durch Gottes Frieden, mittut und die Sorge wegschafft, die Hemmungen erzeugt und Trägheiten! Das Auge atmet die Landschaft ein und das Ohr rastet in der weiten Stille von den schrecklichen Geräuschen der Stadt! Möwen fliegen in der reinen Luft, Wasserpflanzen dunkeln aus dem Wasser herauf. Mögen die Menschen *mit Achtung* diese Insel behandeln, eigentlich sogar bereits *mit Andacht*! Möge nicht der Übermut, und komme er auch natürlich aus überschüssigen Lebenskräften heraus, dieses *Paradies der Ursprünglichkeit* stören, das die Stadt Wien seinen müden Kindern erschlossen hat! Wasser, reiner Donausand und reine Luft sollen uns vom Innersten heraus Gott näher bringen. Die Zeiten sind schwer, die Körper und die Seelen sind, ohne daß sie es selbst genau wissen, übermüdet und verbittert, gleichsam unbewußt zänkisch und launenhaft, den Ungerechtigkeiten zugänglich in ihrer reizbaren Schwäche! So möge die Natur Frieden bringen und Ordnung! Diese Donauinsel »Gänsehäufel« sei ein *respektierter* Ort, ein Wallfahrtsort für sündige Leiber. Und wer, wer sündigte nicht hienieden?!

FAHRT

Ich bin nicht gereist, ich weiß bis heute es nicht, wie ein Schlafwagen ausschaut, verstehe nichts davon, daß man nachts in seinem Bett, auf einem Kopfpolster, unter einer Decke und mit anderen nützlichen und bequemen Utensilien, durch die Welt getragen wird und morgens, ganz ausgeruht, irgendwo sich befindet, wo man, mit Respekt zu melden, noch niemals auch nur annähernd gewesen ist. Nun brachte man mich an einem frischen Julimorgen, per Automobil, 70 Kilometer die Stunde, nach *Wiener-Neustadt.* Alle Wiesen begossen uns fortwährend mit ihren Parfüms. Wind und Duft, das allein spürte man. Lioschka sagte nur einmal: »Wenn etwas geschieht, gehen die Splitter der Autobrille vorerst in die Augen und zerreißen sie!« Dann nahm sie langsam die Autobrille ab. Dann sagte sie: »Ihre geliebten weißen Kartoffelblütenfelder! Früher habe ich mich nicht getraut, sie schön zu finden! Es hätte sich auch nicht für mich geschickt!« Dann sagte sie: »Haben Sie auch den roten Mohn in den Wiesen gern, obzwar es ein Unkraut ist und schädlich für die armen Kühe?!«

Ich berührte leise ihre Hand in den hellbraunen Rehlederhandschuhen. In Wiener-Neustadt setzte man mich ab. Gerade fiel einer von einem Gerüste, brach sich das Genick. Ich kaufte mir Bergblumenansichtskarten und fünffarbige Hülsen für Bleistifte. Ich ließ mir ein Zimmer aufsperren im Hotel neben dem Bahnhof, um zu schlafen. Alle Bediensteten waren wie besorgte Kindermädchen, obzwar ich nicht nach »reichlichem Trinkgeld« aussah. Aber der Schein trügt. Das ist vielleicht die letzte Philosophie dieser dienenden Menschen.

Er ist vielleicht doch ein reicher Narr! Das letztere stimmte. Man brachte mir alles, das heißt zehn Flaschen Pilsner Bier. Das *ist* doch alles! Ja und einen Roßhaarpolster. Wenn ich nur wüßte, weshalb man noch nicht auf polierten Granitsteinen schläft?! Diese Eiderdaunen aus zusammengedrückter Watte sind doch nur für die »Prinzessinnen in den Kindermärchen«! Wir Erwachsenen wollen hart schlafen, wie die Kaiser in ihren einfachen Feldbetten im Kriege. Amen.

Ich erwachte und fuhr sogleich auf den Semmering zurück. Aus dem Dunst ins Gebirge. In *Pottschach* stieg eine ein, in einem braungrün schillernden seidenen Bauernkostüme. Die hatte ein Gesicht wie eine 14jährige Eleonora Duse. Aber in Payerbach stieg sie wieder aus. Sie sah meinen Blick nicht voll Trauer und Verzweiflung. Besser für sie und mich. Vielleicht hätte sie gedacht: »Alter Hund!« Die Lokomotive »pustete«, wie man zu sagen pflegt, in die Bergweltkurven hinauf. Man glaubt immer, daß sie es nicht überwältigen wird. Aber das ist ein laienhafter Irrtum. Sie ist dazu geschaffen, konstruiert und ausprobiert. Gerade so ist es wie mit der »unglücklichen Liebe«. Unser Herz ist dazu konstruiert. Manchmal zerbricht es. Das sind »unvorhergesehene Fälle«, die auch der genialste Maschinentechniker nicht vorausberechnen kann. Die Luft wurde immer frischer, und ich gedachte des genialen Erbauers dieser Bahn, Ritter von Ghega, der sie in die Felsen mit Gewalt hineinbohrte, damit der Naturfreund alles genieße, Abgründe, Urwälder, Ausblicke, kurz die Dekoration der Bergeswelten! Auf dem Semmering dachte ich: »In Pottschach ist eine eingestiegen, in einem braungrün schillernden seidenen Bauernkostüme. Weshalb hat sie meinen Blick nicht gesehen von namenloser Begeisterung?! Vielleicht hätte er sie geschützt vor dem Herrn so und so, dem sie jetzt unbefangen die Hand reichen wird zum »ewigen Bunde«?! Unsere Blicke sind nicht da, um zu »zünden«, sondern um zu »schützen«, vor Blicken, die »seelisch stargrau« sind! Wir sind nicht da, um zu »erobern«, sondern um zu »schützen«! Ein jeder hat *seine* Aufgabe im Leben! Er erfülle sie!«

SONNENUNTERGANG IM PRATER

Sie waren stundenlang im Grabenkiosk gesessen, letzter Augusttag, hatten Fiaker betrachtet mit Fremden, Automobile, wie Zugvögel von fernen Reisen, Damen auf dem Trottoire, die wunderbar sicher dahinglitten, und andere, die trippelten und tänzelten, um etwas Besonderes aus sich zu machen.

In dem Kiosk saß eine Französin, die man nur mit den Augen grüßte. Und ein süßes, junges Geschöpf mit seiner »Tante«, das man auch nur mit den Augen begrüßte. Und fremde Damen mit Schleierhüten, die man überhaupt nicht grüßte. Und einige Männer, die schon vom Urlaube zurückgekehrt waren. Alle diese Menschen kamen sich ein bißchen deklassiert vor, daß man sie im Grabenkiosk ertappte in der Haute-

Saison, während die anderen noch in Ostende oder Biarritz – – –

Die beiden Freunde machten trotz alledem einige wichtige Beobachtungen, sammelten einige seltene Exemplare von Menschlein für ihre innerliche Käfersammlung, spießten sie auf, teilten sie ein in allgemeinere Klassen.

Um 6 Uhr kam das rote Automobil, Mercedes 18–24, entführte sie in die Krieau. Dort war ganz staubfreie Landluft und Stille. Ein Herr in schwarzem Anzug und schneeweißen Handschuhen bestieg ein Pferd. Ein Fiaker brachte eine Tänzerin (die Hofoper war bereits geöffnet), ein graues Automobil kam an, dumpf, Baryton singend, also über 30 HP. Das Gärtchen war voll gelber Blumen, die wie kleine Sonnenblumen aussahen, und die Kaninchen im Käfig stellten die Ohren unregelmäßig schief. Die beiden Freunde rauchten Prinzesas und glotzten auf die zumeist leeren weißen Tische und Bänke. Im Vorfrühling, im Herbst entwickelt sich hier ein Leben und »Treiben«. Aber man hatte den 31. August!

Infolgedessen fuhren die beiden Freunde weiter zum Winterhafen.

Donau, kleines Bahngeleise, große Lederfabrik, holperiges Granitpflaster, gut genug für Schneckengang gehende breiträderige Lastwagen! Das Automobil aber sprang, galoppierte, hüpfte, war wie deklassiert auf dieser gepflasterten Lastenstraße. Links war der Winterhafen, rechts ein erhöhtes Plateau aus Donausand und Donaukieselsteinen errichtet, bespickt mit jungen

Birken. Da hatte man einen Rundblick auf bleigraue Hügel, schwarze Fabrikschornsteine und die Glut des Sonnenunterganges. Man sah das düstere Pulvermagazin, den Laaerberg, den Zentralfriedhof, den Kahlenberg – – –. Wie in grauem, flüssigem Blei des Himmels und der Erde wogte die dunkelrote Glut der Sonnenuntergangsstreifen. Die Lederfabrik war wie ein schwarzes Ungeheuer, und drei riesige Schornsteine sandten schwarzen Rauch in die Glut, wie schmale Dampfspritzen, die ungeheuere Brände löschen möchten! Die dünnen, zarten Birken auf dem Donauschütte bebten im Abendwind, und die beiden Freunde suchten schöne, glatte, hellbraune Kieselsteine aus als Andenken an den friedevollen Abend. Auf der Landstraße wartete das rote Automobil, Mercedes 18–24, das ein kleiner Landstraßen-Orientexpreßzug werden konnte bei Schnelligkeit vier.

Die rote Glut im Blei des Himmels wurde himbeerfarbig, dann dunkelgraurot. Die beiden Freunde sagten: »Nun gibt es nichts mehr zu schauen. Das Stück ist zu Ende.« Sie bestiegen daher das rote Automobil und sagten zu dem Chauffeur: »Geschwindigkeit vier, bitte – – –«

Sie rasten in den Grabenkiosk zurück.

Dort saß noch die Französin, die man nur mit den Augen begrüßen durfte.

Aber in dieser Stunde durfte man bereits zu ihr sagen: »Guten Abend – – –«

Und die beiden Herren sagten höflich: »Bon soir – – –.«

BADEN BEI WIEN IM FRÜHLING

Die Landschaft ist überschüttet mit Kastanienblüten. Dunkelrote, weiße, rosige Kastanienblüten überall. Überall Zettel von Zimmern, die zu vermieten sind. Man bietet Gesundheit und Frieden an über die Saison. Aber die wirkliche Gesundheit, den wirklichen Frieden genießen jetzt die Hausbesitzer in ihren von Kastanienblüten strotzenden stillen Gärten. Ihr Vorfrühling, ihr Frühling, ihr Spätherbst, sind ihnen gesünder als der Sommer ihren zahlenden störenden Parteien! Sie sehen es werden, werden, sie sehen es vergehen, vergehen! Aber die Sommerparteien genießen phantasielos das Sein, wollen sich à tout prix Gesundheit und Frieden herausschlagen für ihre Sommermiete! Die Hausbesitzer aber blicken auf die strotzende Pracht der Kastanienblüten, haben ihre Lieblingsbäume, die sie besonders betrachten. Dort, in der und der Straße blüht ein wunderbarer Kastanienbaum. Seine Blüten stellen sich horizontal, wollen weg aus dem allzu dichten Laubwerk. Wenn die Parteien kommen, hat alles ausgeblüht. Sie erhalten nur mehr die verstaubten müden Blätter. Aber die Hausbesitzer sitzen jetzt an Tischen in den Gärten und atmen die Frühlingsluft ein. Hie und da kommt jemand nachfragen nach Zimmern für den Sommer. Er erkundigt sich, ob es auch ruhig sei. Man sichert es ihm zu. Aber kann man es verantworten?! Jetzt, jetzt ist es ruhig und strotzend von Kastanienblüten! Frühlingsferien und Spätherbstferien, das wäre das Paradies! Aber Sommerferien erdrücken! Alles stürzt sich gleichsam auf die Pracht der Natur im Sonnenbrande, der ausdörrt. So lange die kühlen Zimmer noch ihre Täfelchen haben: »Zu vermieten«, streicht ein Hauch von kühlendem Frieden durch die Landschaft!

RÜCKKEHR VOM LANDE

Nun ist es wieder Herbst geworden, und die Grabenkioske füllen sich zur Abendzeit mit wohlgepflegten und gebräunten Damen.

Man hätte so viel zu erzählen, und man schweigt!
Man ist wieder in diesem Gefängnis »Großstadt«.
Man träumt von Licht und Luft und Wasser.
Man war ein anderer, besser, menschlicher.
Nun geht man seinen Trab wie eh und je.
Man fühlt sich altern, schwerfällig werden, klammert sich an dieses unglückselige Wort: »Verpflichtungen«!

Die Wohnung will nicht in Ordnung kommen, und die Dienstboten kündigen.

»Die gnädige Frau war am Land viel netter zu uns – – –.«

Ja, das war sie.

Die Kellner in den Kiosken begrüßen alle Gäste

wie Weltreisende, die vielfache Gefahren überstanden haben – – –.

Nun nehmen sie Soda-Himbeer im sicheren Port!

Die Deklassierten, die nicht fort waren, mischen sich in die Menge der Zurückgekehrten, als ob nichts vorgefallen wäre – – –.

Ja, sie haben sogar die naive Frechheit, zu behaupten, Wien wäre am angenehmsten, wenn alles »auf den Ländern« weile – – –.

Damen, mit den veredelten gebräunten Antlitzen, lasset euch nicht betrügen von dem Prunk der Großstadt! Erschauet in den Spiegeln eurer Gemächer einen Zug auf eurem Antlitz, den Licht und Luft und Wasser und Freiheit modelliert haben, und der nicht da war ehedem, und der verschwinden wird im Wintertrubel!

Komödie hier, Komödie dort vielleicht – – –.

Doch unter freiem Himmel ist das *Theater* schöner!

WESHALB ICH NICHT AUFS LAND GEHEN KANN

Erstens geht mir der kleine grüne Jutte-Koffer mit braunem Lederbeschlag absolut nicht zu, zweitens, wer wird meine kleine Kaktee pflegen, die bereits bei mir von 7 Zentimetern auf 30 Zentimeter gediehen ist und bereits zweimal in einen größeren Topf umgesetzt werden mußte?! Die Einen geben zu viel Wasser, die Anderen zu wenig, nur ich, ich gebe gerade richtig. Und drittens bringt sich die Paula um, wenn ich wegfahre. Und viertens habe ich kein Geld zum Wegfahren. Und sechstens bergen die Donau-Auen, eine Stunde von Wien aus erreichbar, tour-retour 1 K 20 h, für den *wirklichen* Naturfreund die Schätze der ganzen Welt! Ich schrieb einmal irgendwo, es war aber gar nicht irgendwo, sondern in meinem berühmten Buche »Wie ich es *sehe*« (Betonung auf dem »sehe«): »Ihr reist fort?! Wohin denn?! Von *Euch selbst* weg vielleicht?! Wozu also?!« Dieses ist seit diesen zwanzig Jahren '(acht Auflagen) Wahrheit geblieben, *für mich!* »Raum ist in der kleinsten Hütte« – – – die Natur zu genießen. Es geht nicht nach Kilometern! Nur für Schmöcke, Seelenlose und »falsch *Erlebens-Hungrige*«! »Vielleicht bin ich in Australien kein so armseliges, nichtiges, leeres Vieh wie in Wien?!« Du irrst, mein Freund, meine Freundin! Du bleibst es!

VENEDIG IN WIEN

In dem kleinen dunstigen Bildhauer-Atelier sitzt ein junger Italiener auf dem Tischbrett, gähnt. Der Marmor glitzert wie Kandiszucker.

In dem kleinen dunstigen Glasmosaik-Atelier sitzt eine junge Italienerin auf dem Tischbrett, gähnt. Das Glasmosaik leuchtet wie Sommer-Wiesen.

In dem kleinen dunstigen Kupfer-Atelier hängen tausend leuchtende Kupfer-Gefäßchen mit schwarzen schmiedeeisernen Henkelchen. Dieselben in großer Ausführung. Dieselben in riesiger. Eines ist fast schon ein Weihkessel – – –.

Die Gondolieri im Kanal »weichen geschickt aus«, wie es in den Zeitungsberichten heißt. »Wie Kavaliere benehmen sie sich – – –«, sagte eine junge Dame, »wie sie mit den Augen grüßen – – –!«

Dreißig tausend Menschen steigen die Holzbrücken hinauf, hinab, fließen auseinander auf den Plätzen, stauen auf den Brücken.

»Echt venetianisches Volksleben entwickelt sich –«, denken die Reporter. Die gelbe Gondel mit dem roten Lichte legt an. Die junge Serenaden-Sängerin singt in der gelben Gondel.

Bei den Straßensängern steht ein Pferdehändler, eingehängt in Eine mit goldenen Haaren. Ein schwarzes Seidenkleid mit bordeaux-roten Glasperlen fließt an ihrem süßen Leib herab und schimmert – – –.

Die Guitarren klimpern. Der Abendwind verdünnt sie, haucht sie weg – – –.

Echt venetianisches Volksleben entwickelt sich –.

Der Pferdehändler steht da mit seinem gewölbten Rücken und seinem schmalen Brustkasten.

An der Dame mit den goldenen Haaren fließt die

Seide herab mit bordeauxrotem Geait – – –. Sie fühlt: »Hierher gehöre ich – – –!«

Bei der Sängerkapelle singt ein Tenor solo aus einem Notenblatte.

Die Anderen machen nur: »brum, brum, brum –.«

An einen Platanenbaum gelehnt, steht Frau Fabrikdirektor von H.

Sie ist blaß, hat ein edles Antlitz – – –.

Ein junger Dichter grüßt sie höflich. Sie dankt kaum.

Dann fühlt sie: »Komme her, unter die Platane und höre mit mir dem italienischen Sänger zu – –.«

Das Notenblatt ist störend« sagt der Gatte, »man sollte frei singen.«

»Jawohl« sagt sie.

Venetianisches Leben!

Müde Gesänge, stehendes Wasser, alte verödete Paläste – – –.

An der Platane steht Frau Fabrikdirektor von H. Sie hat ein blaßes Gesicht. Sie fühlt: »Venetianisches Leben – – –!«

Der Gatte sagt: »Komm', Anna, es ist feucht, Du wirst Dich verkühlen –– –.«

Sie denkt: »Guter, Braver – – –«, hängt sich in ihn ein.

»Was ist es für ein Styl?!« sagt sie über die Paläste.

»Gotisch-Byzantinisch« sagt der Bankdirektor, »es war die höchste Blüte – – –.«

Sie kamen auf den großen Platz, wo die hohen Birken sind. Der Platz war einsam. Le monde joyeux war den Straßensängern nachgezogen.

Zwischen den Birken hingen die Bogenlampen, wiegten sich ein wenig.

Der Nordwind wehte.

Die Serenaden-Sängerin ging langsam über den Platz und die dunkle Holzbrücke hinauf – – –.

Sie hatte ein Hemd an aus scharlachrotem Sammt, schwarze Haare, teint ambré.

Der Bankdirektor und die Dame blieben stehen, sahen ihr nach – – –.

Langsam stieg sie die Holzbrücke hinauf.

Der weite Platz war leer. Es duftete nach Prater-Auen. Zwischen den Birken leuchteten die Bogenlampen. Der Nachtwind wehte – – –.

Die Serenaden-Sängerin blieb oben stehen, verschwand auf der anderen Seite – – –. Dann hörte man singen: »Santa Lucia – – –.«

Der Bankdirektor ging mit seiner Frau langsam über den großen Platz.

Später stiegen sie in eine schwarze Gondel, fuhren durch die Canäle.

»Ca d'oro – –« sagte der Gondoliere mitteilsam.

»Gracia« sagte der Bankdirektor und gab eine Krone. Eine schwarze Gondel kam ihnen entgegengeflossen.

Ein junges Mädchen saß darin, allein. Sie hatte ein Hemd an aus scharlachrotem Sammt, schwarze Haare, teint ambré. Sie stützte die Ellbogen auf die Kniee, das Kinn in die feinen Oliven-Hände.

»La regina di Venetia – – –« sagte die Bankdirektors-Gattin, blickte der einsamen Gondel nach.

»Schwärmerin – – –« sagte der Gatte milde.

Sie: »Gefällt sie Dir nicht?! Oh gewiß – – –. Wie aus einer anderen Welt ist sie – – –.«

Der Gatte sagte: »Nimm' meinen Überrock über deine Kniee, Anna, es ist kühl am Wasser und Du bist blaß. Geh' Anna, folge – – –.«

Der Gondoliere sagte: »Palazzo Vendramin, dove e morto Richard Wagner – – – – –. Palazzo di Desdemona – – –.«

»Gracia – –« sagte der Bankdirektor.

Die Dame blickte sich um nach der Serenadensängerin im Scharlachkleide. Aber man sah nichts als farbige Lichter und weiße Säulengänge – – –.

»Soll ich deine kleine venetianische Königin singen lassen?!« sagte der Gatte, »ich schicke ihr fünf Dukaten«.

»Und ich werde sie auf die Stirne küßen, la regina – – –!«

CAFÉ DE L'OPÉRA (IM PRATER)

Jawohl, eine eigentümliche Beziehung ist zwischen diesen Dingen: Herr; Dame; Mandolinengezirpe; Birke, Plantane, Esche; weiße Bogenlampe; und kühler Auen süßer Nachtduft.

Etwas abseits vom schweren Leben ist es. Es

schleicht nicht dahin wie Brackwasser. Eine wundervolle Mischung ist es, welche uns heiter macht und leicht. Man fühlt: Wie schön wäre es, wenn ich immerwährend so sorgenlos, so leichten Sinnes wäre. So unbedenklich sitze ich und lausche. Niemanden beneide ich. Eine Rose kaufe ich und schenke sie Signorina Maria. Eine wundervolle Cigarrette zünde ich mir an. Wie lieblich die Mandolinen gebaut sind – wie hohle tönende Birnen! Wie die Birkenblätter glitzern! Lorbeerbäume, Aristokraten und Café-Liqueur passen zusammen. Etwas Exceptionelles ist es. Wie herrlich sind die Antlitze Italiens! Zum Weinen geradezu. Wie frei, wie würdevoll sitzen diese Menschen. Und wenn sie sich vornüber neigen, ist es, wie wenn sie lauschten, irgendwohin. Immer sind sie anderswo, von sich weg. Wenn sie singen, bei ihren Liedern. Wenn sie schweigen, bei ihrem Meere. O wie wundervoll ist das. Es zieht uns mit. Wir haben uns gleichsam von uns empfohlen und sind fortgeschwommen. Addio – – –.

Im leichten Leben stehen wir, wie Aristokraten, welche von ihren Gütern leben, wie Liebende, die sich verloren haben, wie Weise, welchen nichts mehr geschehen könnte, was sie überraschte, überrumpelte.

So unbedenklich sitzen wir und lauschen. Niemanden beneiden wir. Eine wundervolle Cigarette zünden wir uns an. Eine Rose kaufen wir und schenken sie Signorina Maria.

Wie die Birkenblätter glitzern. Wie ruhig die Platane steht. Und wie die Esche mit ihren zarten Blätterfingern bebt! Ganz unbedenklich sitzen wir und schau'n und lauschen.

Noch eine Rose kaufen wir und schenken sie Maria. Und noch eine Rose kaufen wir. Und einen Strauß von Rosen. Geld spielt keine Rolle.

Wie Aristokraten sind wir, die von ihren Gütern leben. Etwas abseits vom schweren Leben sind wir. Wir schleichen nicht dahin wie Brackwasser. Über uns selbst erstaunen wir.

Signorina Maria – – –!

COSTÜME-BALL IM WIENER KÜNSTLER-HAUSE.

(Ausseer Tanzboden.)

Fräulein Valérie von H., Ausseer Dirn – – – hólóró ididlió idiââââââ!
Sie sitzt auf der Bank vor der Almhütte, atmet ruhig, schaut mit ihren braunen Augen so in einen gemalten dunstigen Sommernachmittag hinein, in tiefem Frieden. Nicht einmal ein Vogel singt. Die gemalten Fichten schlafen in der hellblauen Himmelsleinwand. Die abgeschnittenen Föhrenzweige in den Saalecken duften ziemlich naturgetreu.

Draußen übereilt sich der Ball, überstürzt sich und braust wie ein Fluß, welcher über ein Wehr kommt.

Wally, Friedevolle, Einfache – – –! Zum Niedrigen Erhöhte!

Und zu Hause hast Du Deine eleganten tiefen gelben Wäschekästen aus politiertem Eschenholz und Dein Bett aus glänzenden Messingstäben mit blauen seidenen Fütterungen! Wie eine verzauberte Prinzessin bist Du!

Die Clarinetten jauchzen: idia, idia, idia – – – idiá, idiá, idiá! Wie ein Vogel, welcher am Ende eines Zweiges sitzt, sich aufbläht und die Welt stürmisch begrüßt – – –!

Früh Morgens sitzt sie mit zwei Holzknecht-Burschen an einem Tischchen in einer dunklen Ecke beim cachierten Herde. Eine dünne Kerze brennt rotgelb. In fünf Stunden schreiben die zwei Burschen im Büreau: »Hochlöbliche Generaldirektion« oder: »In Erwiderung ihres Geehrten vom – –«.

Draußen braust der Ball und die dicken Bogenlampen regnen weißes Licht herab.

Auf dem Tischchen brennt ein dünnes Kerzchen rotgelb und Deine goldenen Haare schimmern, Wally!

Friede. Almfriede.

Wie ein heiliges Wehen ist es des Morgenwindes über den Zwergföhrwald.

Die Cigaretten wallen auf und nieder – – –.

Einer der Burschen sagt: »Singe, Wally – –!«

»Laß' sie, sie ist müd' – –« sagt der Andere und schaut auf ihre goldenen Haare.

So hocken sie still beieinander. Die dünne Kerze brennt rotgelb. Draußen tanzt der sterbende Ball Galopp, wie wenn ein Mensch in den letzten Zügen heftig, ungestüm atmete – – –.

Das Kerzchen brennt herab zu einem Stümpfchen.

»Das Licht geht aus – –« sagt einer der Burschen.

»Laß es – –« sagt der Andere, »Wally's Haare leuchten – –.«

»Stadtherr!« sagt Wally.

»Dennoch leuchten sie – – –.«

Wally begann zu singen im Finstern. Die Herren stützten die Ellbogen auf. »Wenn unsere Chefs uns jetzt sähen – – –!?«

Wally sang. Wie wenn ein Vogel am Ende eines Zweiges sitzt und die Welt begrüßt – – –!

Später fuhr sie mit ihrer Mama, in einen seidenen Mantel gehüllt, in einer Equipage nach Hause.

Die Burschen gingen durch die schlaftrunkenen Straßen und dachten: »Heute ist Büreau – – –.«

Einer fühlte: »Dennoch leuchten sie – – –!«

GREGORY-TRUPPE

Männer liegen am Rücken auf entsprechend gebauten roten Lederfauteuils ohne Füße und jonglieren mit den Füßen herzige Knaben. Sogenannte ›Antipoden‹, mit lebenden Wesen statt mit Riesenkugeln, Würfeln, Tischen, spanischen Wänden. Die Leiber der Knaben sind biegsam wie Kautschuk, es kann ihnen nichts geschehen, sie geben nach, jedem Schwunge; was man auch mit ihnen treibe, sie bleiben intakt! Die Knaben sind besser gewachsen als Mädchen und haben einen freudigen, begeisterten Gesichtsausdruck. Sie ›arbeiten‹ wie edle dressierte Hunde bei einem gnädigen, verständnisvollen Herrn. Sie sind das Gegenteil von ›verprügelt‹. Sonst könnten sie nicht diesen leuchtenden, begeisterten Gesichtsausdruck haben! Alles kann man ihnen, den jugendlichen Artisten, einlernen, einschärfen, einprügeln, aber der Gesichtsausdruck bleibt die freie Wahl des unbezwinglichen Inneren! Ich schaue jedem Artisten nur in das Gesicht. Hier ist das Zeugnis eingeschrieben, ob er ›berufen‹ ist vom Schicksal zum Artisten oder es sich ›zugelegt‹ hat aus tausend Gründen! Nun, in dieser Gregory-Truppe ist solch ein ›berufener‹ Knabe. Ein etwas scharfes nervöses Gesicht und etwas bleich unter der roten Schminke. Auch dieses fühlt man durch. Er ist Meister, ohne viel zu lernen. Er braucht nicht zu üben. Etwas in ihm verleiht ihm unerhörte besondere Elastizitäten. Seine Schwungkraft ist um vieles vehementer als die der andern reizenden Knaben. Er ist in allem wie ein Sieger, er ist allen innerlich um viele Längen vor, obzwar sie alle dasselbe vollführen. In ihm sind elektrische Spannkräfte aufgehäuft, mühelos vollbringt er, was andre sich ›erworben‹ haben. Siehe, ein Genie des Turnens! Er macht das Unmögliche möglich in leichter Anmut! Er würde es ›umsonst‹ leisten, auf Wiesen oder Dorfstraßen, die ›Varietébühne‹ ist ihm nichts anderes!

Und da saß einer in der Proszeniumsloge ganz hart an der Bühne, so fünfzig Jahre alt, und murmelte: »Ist er nicht schöner, wertvoller als alle Frauen zusammen, die mich zerstört haben?!? Ich werde ihm morgen anonym eine Patek-Uhr schicken, Genf, von der Sternwarte geprüft, garantiert auf dreißig Grad unter Null, auf neunzig Grad über Null, mit Kupfermantel gegen elektromagnetische Einflüsse geschützt, zweitausendfünfhundert Frank wert, die ihm sonst niemand schenken würde! Und ich werde es erzählen, allen Damen; und wenn mich eine ironisch lächelnd dabei ansieht, werde ich sie ohrfeigen!«

UNSER OPERNHAUS

Ein Freund sagte zu mir: »Komme mit zu »Tristan und Isolde«, du hast die neuen Dekorationen von Roller noch nicht gesehen… Ich lade dich ein auf einen Parkettsitz.«

Wenn ich dieses »heilige Haus« betrete, dem ich die süßen Schauer in meiner Kindheit verdanke, dieses *Wirklichkeit gewordene* Märchenhaus, diesen edlen weiten Saal, in dem ich einst fast angstbeklommen

»kommender Dinge lauschte«, bin ich immer sogleich ergriffen und gerührt, wenn auch nur wenige Besucher vorhanden sind und gleichsam noch Dämmerstimmung herrscht.

Genialstes wunderbarstes Gebäude, mit deinem aristokratischen Entree, deiner wunderbaren Logenstiege, deinen breiten niederen Logengängen, deinen Logen, die wie kleine gemütliche intime Gemächer sind, mit deinen Galerien, auf denen liebevoll gesorgt ist für jeden einzelnen, der sehen und lauschen möchte! O, du fast merkwürdig geräumiger Saal, der alle Töne dennoch liebevollst und zartest in sich aufnimmt, wie wenn er es wüßte, daß es eben seine heilige ernste Aufgabe ist! Und deine beiden Erbauer, deine Erdichter mußten sich umbringen! Aus Furcht, ein unvollkommenes Werk geschaffen zu haben!?!

Aber es war *vollkommen, vollkommen;* und wie ich in meiner Kindheit zum erstenmal zur Vorstellung »Die Hugenotten« diese wirklich heiligen Hallen betreten habe, so trete ich heute, ein Sechsundvierzigjähriger, noch immer mit süßem Schauer ein in dieses *Wundergebäude!*

Du, du geliebter Saal, geliebtester Raum bist geblieben, liebevoll und zärtlich jene behandelnd, die sich dir anvertrauen, um ideal zu genießen!

Aber was ist in uns, in uns vorgegangen seitdem!

Wie flüchten wir immer angstvoller und angstvoller von Jahr zu Jahr in deinen heiligen Frieden – *Operngebäude,* vor den Tücken des Schicksals!

Und nun kam ich durch die Güte eines Freundes

wieder in »Tristan und Isolde«, anfangs September 1906. Wie eine märchenhafte Symphonie an und für sich: »Garten in der Sommernacht« ist der Beginn des zweiten Aktes. Und ebenso hat Roller es gemalt, erdichtet. Man hört, man spürt, man ahnt den nächtlichen Garten, in Stille und Duft vergraben, ein düsterer melancholischer Mitwisser menschlicher Begebenheiten. Wie wenn er das unglückselige Liebespaar liebevoll beschützen möchte durch seine nächtliche Stille, wie wenn er die letzte Romantik herbeischaffte für diese Edelromantiker, die dem Untergange geweiht sind!

Die Sterne am nächtlichen Himmel funkeln und die Gebüsche sind schwarz und kompakt. Dann kommt der feuchte, kalte, graue Übergang. Alles wird hellgrau, nebelig und der Morgen dämmert. Und das Verhängnis bricht herein. Einzelne Rosenstöcke heben sich ab von der sanften Morgenröte und sind schwarz wie Silhouetten. Feuchte Ausdünstung ist im Garten. Die Gebüsche sind hellgraugrün. Man müßte sich Katarrhe holen, aber das Verhängnis läßt keine Zeit dazu! Der Morgen dämmert gelassen und bereits empfängt Tristan die Todeswunde... Die Rosenstöcke heben sich ab von der Morgendämmerung.

Als Kind kratzte ich meinem teuren, geliebten Vater auf der Violine zum erstenmal etwas vor. Es war schrecklich. Aber er war sehr ergriffen. Er führte mich zur Belohnung in die »Hugenotten« ins »neue Opernhaus«.

Mein Vater sagte: »Das ist etwas für Kinder…«

Aber es war gar nichts für Kinder. Denn ich langweilte mich schrecklich und verstand gar nichts.

Am nächsten Tage spielte uns Papa zu Hause die Partitur am Klavier vor. Das war noch entsetzlicher. Mit Meyerbeer waren wir endgültig verfeindet. Ein Beginn moderner Entwicklung.

Papa sagte: »Ich weiß nicht, meine Kinder haben nichts von meinem musikalischen Talent geerbt…« Nein, das hatten sie nicht.

Aber das Haus, der Raum blieb mir in respektvoller Erinnerung. Es war eine *Musikkirche*. Und als ich damals erfuhr, daß die beiden Erbauer sich wegen der angeblichen Unvollkommenheit des Gebäudes umgebracht hatten, spürte ich einen fast persönlichen Schmerz über die grausame Ungerechtigkeit des Daseins! Heil *Van der Null* und *Siccardsburg*!

KINEMATOGRAPH-THEATER

L. L. gewidmet

Er lud sie ein, mit seinem Passepartout für zwei Fauteuils, in das Kinematograph-Theater, Graben 17. Es wurde ganz finster, und im elektrischen Strahlenbündel, das die Bilderfläche grell beleuchtete, sah er ihr allerherrlichstes Profil von der schwarzen Tuchtüre des Notausganges sich scharf abheben! Er sah »Messina in Trümmern«, er sah die im Laufe zu Tode gehetzten »Marathon-Jünglinge« in London, er sah das Märchen von Pérault, in dem der häßliche Prinz durch die Treue der dummen Prinzessin *schön,* die *dumme* Prinzessin hingegen durch die Treue des Prinzen *weise* und sogar geistreich wurde! Er sah die schrecklichen und grotesken Abenteuer eines Ruderers, der nicht rudern kann, und der sogar ein Wehr herabschießt, wo ihm das verfolgende herrliche Motorboot nicht mehr folgen kann! Er sah die reizend-interessante Belgische Spitzenklöppelschule! Er sah »Australien«! Er sah das furchtbare Schauspiel »Im Morgengrauen«, in dem ein zärtlichster Vater auf der Jagd zufällig sein geliebtes Söhnchen erschießt!

Aber immer blickte er auf dieses geliebte allerherrlichste Profil, das sich im Strahlenbündel des elektrischen Lichtes von der schwarzen Tuchtüre des Notausganges mystisch abhob, als wollte es betonen: »Siehe, ich bin für dich dennoch wichtiger, wertvoller, ergreifender, als alle merkwürdigen Ereignisse der Welt!«

Nur einmal verschwand das Profil. Als man auf einer »Straußenfarm in Australien« den Strauß einfing, ihm eine schwarze Kappe über den Kopf zog, und ihm die herrlichen Federn rücksichtslos auszureißen begann, da verbarg sie erschreckt ihr Antlitz in ihren aristokratischen Händen.

In diesem Augenblicke war er tief ergriffen, ihr

Profil nicht mehr zu sehen, während zwei lange wunderbare Straußfedern von ihrer herrlichen Pelzmütze über ihre rechte Schulter herabwallten – – –. Er fühlte: »Mögest Du mit den Männern, die Dich vergöttern werden, ebenso zartes Mitlied haben wie mit den Straußen auf den Australischen Farmen! Aber Du wirst es nicht!«

ETABLISSEMENT RONACHER

Es war wirklich wie der feierliche Anfang einer neuen Ära ästhetischer Freiheit. Ein Raum, angefüllt bis zur Decke mit eingeladenen Künstlern, Bildhauer, Maler, Architekten, Schriftsteller, Schauspieler, Sänger ersten Ranges, Frauen und Mädchen; und auf der Bühne in strahlendem Glanz ihrer jugendlichen Schönheit, splitternackt und vergoldet, die drei goldenen Mädchen, in edlen Stellungen zu *Bronzekunstwerken* sich formend. Ich will nur von der einen sprechen, die die Kunstwerke »Bacchantin« und »Wasserträgerin« darstellte. Es gibt *absolut keinen vollkommeneren Frauenleib*, und nur Gefühle der Rührung über dieses lebendige Kunstwerk Gottes kamen über uns alle. Da stand sie in ihrer adeligen Nacktheit und zeigte sich ohne Scheu dem ganzen, feierlich gestimmten Saale. Und zum Schlusse, als sie sich dankend tief verneigte, hatte man die Empfindung, daß alle sich vor ihr hätten verneigen sollen, der ersten wirklich ganz ganz tadellosen Frau, die sich als Kunstwerk öffentlich gezeigt hat in unserer Zeit. Ich möchte fast ein wenig pathetisch sagen, daß von dem goldenen Glanze dieser Haut ein Lichtstrahl ausgeht in die Dunkelheit der Welt und die Vorurteile aufscheucht wie Fledermäuse. Diese krankhafte Angst vor dem schönen Nackten, diese »reizbare Schwäche« unserer Welt! Man habe doch nur eine einzige Angst... vor dem *häßlichen* Nackten! Ich habe es immer bemerkt, daß schöne Menschen weniger Schamgefühl besitzen als häßliche. Sie beleidigen eben niemand durch ihre Nacktheit und sie fühlen sich unbewußt im Einklang mit den idealen Plänen der Natur! Aber diese anderen ziehen sich scheu zurück, wie trauernd über ihre Unvollkommenheiten. Ich habe einmal geschrieben: »Eine edelgeformte Frauenhand strebt direkt aus diesem Futteral »Handschuh« heraus ans Tageslicht bei jeder Gelegenheit, aber die unedle Hand bleibt gern in ihrer Hülle verborgen und sagt: »Es gehört sich einmal nicht, den Handschuh da oder dort auszuziehen!«« Die drei »goldenen Jungfrauen« in Danzers Orpheum sind keine sensationellen Schaustücke, sondern eine künstlerische Angelegenheit der Erziehung der in Vorurteilen gebannten Welt zur Achtung vor der körperlichen Vollkommenheit! Wieviele Frauen werden sich, gerührt durch den Anblick dieser »Wasserträgerin«, bemühen, durch Freiübungen und Hygiene ihren Leib zu verbessern, wieviele ihn sorgsam zu erhalten suchen, falls der diesem Ebenbilde gleicht?!? Wieviele Mütter werden, in sich gekehrt, von nun ab der Pflege des edlen Leibes ihres Töchterchens mehr Sorge angedeihen lassen als deren Kleidern und Hüten!? Ihr drei »goldenen Jungfrauen«, vielleicht seid ihr segenspendend für viele!

SOMMERNACHT IN WIEN

Nach den Mühseligkeiten, Demütigungen des Gelderwerbes vermittels Blumen und Champagner im »Englischen Garten« kommen die Mädchen ins Kaffeehaus, als freie Herrinnen, zu *ihrem eigenen Vergnügen,* gleichsam momentan in Prinzessinnen um gewandelt aus dienenden Sklavinnen. Niemand darf mehr denken über sie: »Zudringliche Geschöpfe« oder es sogar aussprechen: »Bitte, belästigen Sie uns nicht!«

Sie sind Damen geworden, die Gnaden austeilen, nach Laune und eigenem Willen. Von 3 Uhr morgens an spielt Herr Karl dort auf seiner süßen sanften Geige. Wally beginnt zu tanzen und Steffi und Tertschi. Jede in ihrer Weise eine Vollkommenheit. Wally tanzt, wie eine kranke, leidenschaftliche Seele sich austanzen möchte, um sich zu erlösen. Oft mit Tränen in den Augen und Hilfe suchend. Steffi tanzt in wilder, wunderbarer, unermüdlicher Kinder-Naturkraft. Tertschi tanzt wie die süßen Wiener Mädel tanzen auf dem Relief vom Strauss-Lanner-Denkmal im Rathausparke. Wie ein Modell zu Seiferts wunderbar zarten Reliefen ist sie. Besonders der Gesichtsausdruck. So weltentrückt vor Tanzesfreude.

Erfüllt von *romantischen Träumereien* und *Hirngespinsten* und *unerfüllbaren Sehnsuchten* und *Gutmütigkeiten* sind diese Mädchen. Künstlerische Anmut wird in ihnen frei bei den Klängen des Kake-Walk und der polnischen Mazur. Man versteht es, daß sie in *heldenhafter Leichtsinnliebe* eventuell in Abgründe stürzen und zerschellen, *klaglos und dennoch verwundert über ihr Schicksal.*

Wer will sie denn je erretten, beschützen, betreuen?!?

Wer hat Achtung und Ehrfurcht vor ihren künstlerischen Qualitäten?!?

Der Mann ist dumpf und stumpf und träge in seiner ermüdeten und ebenfalls enttäuschten Seele.

Daran gehen diese Mädchen zugrunde. An dem, was die *schlechteren* Mädchen am Manne gesündigt haben. Er rächt sich – an den *besseren* unter ihnen.

Es schämt sich außerdem heute ein jeder, begeistert zu sein, aus sich selbst für Augenblicke herauszutreten, einfach *außer sich zu sein!* Jeder hat im Kampf ums Dasein irgendwo eine schäbige Würde zu bewahren, eine Stellung zu berücksichtigen! *Einer Lüge seine Wahrhaftigkeit zum Opfer zu bringen!*

Nur die Würde seiner menschenfreundlichen Begeisterung achtet er nicht! Er hat nicht den Mut, in diesen Mädchen ein tiefes Künstlertum zu *erlauschen*, zu *entdecken*. Es sind eben noch keine »*protokollierten Firmen*« à la Cleo, Otero, Cavalieri, Paquerette. Für Blumenmädel und Champagnermädel *setzt man sich noch nicht ein*. Die *verführt* man und *nützt sie aus*, wirft sie dann weg wie Krebsschalen und Zitronenschalen. *Feiges, duckmäuserisches Gesindel der Männer!* Nur vor immens bezahlten »*Sternen*« habt ihr den Mut, begeistert zu sein? Weshalb? Weil ein Variété-Direktor ihnen 6000 Kronen monatlich bezahlt? Das, das treibt euch, *Hohlköpfe*, zu Schulden und Verbrechen?

In unbeschreiblich rührender Weise bieten *Wally, Steffi, Tertschi* ihre Künste gratis dem Zuschauer dar im Café, 3 Uhr mogens.

Keine Brettl-Diva könnte je so wirken. Man erlebt Menschenschicksale. *Schweigende Not des Herzens* und wiederum daneben die *kreischende Verzweiflung*. Und alles ausgelöst durch Alkohol und Musik. *Frei geworden in der geknechteten Seele!*

In den Ruhepausen singt die süße, sanfte Geige: »Madrigal« und »Ouvres tes yeux bleus« und »Wenn es am schönsten ist, dann muß man scheiden«.

Tertschi, du hast die idealsten zartesten Beine und Füße von der Welt und die süßeste wienerische Anmut!

Wally, du tanzest die Leiden der Seele und ihre Qualen!

Steffi, du bist die Tanzkönigin an und für sich, in edler Bewegung jauchzend, erst *dabei du selbst werdend!*

Morgens zwischen 3 bis 5 Uhr spendet ihr eure edle Künstlerschaft! Im »Englischen Garten« waret ihr Angestellte, Verkäuferinngen, Sklavinnen. Da aber seid ihr freie Herrinnen, so ohne Wunsch und Zweck. Edle, süße, geniale Tänzerinnen! Seid bedankt und gesegnet!

NACHTCAFÉ

Was ist ein Nachtcafé?! Etwas Unverlogenes. Die Mädchen wollen leben und nicht Frondienste leisten, nicht Schaffel reiben und Nachttöpfe fremder Menschen reinigen, solange sie noch entzückende Leiber haben. Sie wollen sich andererseits betrinken, um zu vergessen, daß alles nicht so weiter geht, in infinitum. Sie stehen vor stündlichen Gefahren, müssen sich berauschen an irgend etwas, um sich Mut zu machen für die Schlacht des Lebens! Niemand behandelt sie nach ihres jungen Herzens Wunsche! Infolgedessen rächen sie sich, wie sie es können, bald so, bald anders! Heimtückische, feige Marodeure sind nur die Männer! Eine, der ich in Briefen meine tiefste Sympathie, mein gerechtestes Verständnis bewiesen hatte, sagte dennoch: »Du mußt mir die zwanzig Kronen im vorhinein bezahlen – –! Wir haben es leider gelernt, selbst romantisch veranlagten Dichtern nicht mehr zu trauen – – –!«

Die Damenkapelle ist eine Oase. Sie sind verheiratet, Bräute, oder sonst treu irgend jemandem. Sie haben ein konsolidierteres Schicksal. Sie haben irgend etwas gelernt, wodurch man sich weiterbringt. Sie haben sich der Lebensordnung eingefügt. Ob sie glücklicher sind, nicht andern Enttäuschungen, Gefahren ausgeliefert?!? Zwei Welten, hart aneinander, einander gleich in ihren schweren Kämpfen. Keine Damenkapelle ohne diese Hetären, keine Hetären ohne diese Damenkapelle! Nur die Männer sind das perfide Element. Sie möchten alle zusammen unglücklich machen, ihre ewig hungrigen Eitelkeiten mästen mit den unglückseligen Blicken verliebter Frauen! Damenkapelle oder Hetäre gilt ihnen gleich, ihre innere rohe Leere mit einem liebevollen dummen Frauenherzen auszufüllen – – –! Nachtcafé, du kleine miserable Welt, du Abbild der großen, noch viel miserableren!

FÜNF-KREUZER-TANZ

In einem Prater-Wirtshaus. 5 Kreuzer-Tanz. Nachts.
Sie und er an einem Tische.
Sie, spöttisch, aufreizend: »No also, jetzt sein mer alsdann da – – –.«
   Stille.

Er: »No, hab'i Ihna g'hindert zu tanzen?!? Na also. Was woll'ns?!?«

Sie: »Wer red't von Tanzen?!?«

Es kommt jemand, sie zum Tanze aufzufordern.

»Ich danke, ich tanze nicht – – –.«

»Gib doch dem Herrn keinen Korb – – –.«

Sie blickt ihn an, blickt ihn an, fühlt: »Du Falscher, du Feiger – – –.«

3 Uhr morgens. Er lauert ihr und ihren beiden Tänzern auf, schleicht nach, verschwindet.

Ein Morgen, ein Vormittag, ein Nachmittag des Irrsinns, der Herzens-Not. Krebs der Seele. Es frißt an, zehrt, untergräbt, höhlt aus, vernichtet. Kanaille!

Abends 5 Uhr kommt er mit ihr zusammen bei der Sophienbrücke.

Sie habe nur getanzt, er selbst habe sie dazu doch animiert. Nichts sei geschehen. Wirklich gar nichts.

Er steht schweigend.

»No«, sagt sie, in der tausend Leben unausgeschöpfter Jugend brausen, »no,« sagt sie liebevoll, »Sie großer Dummrian, Sie – – –.«

Er sticht ihr ein Messer in den Bauch.

Die Wiener Geschworenen sprachen ihn frei vom Morde, wegen »momentaner geistiger Unzurechnungsfähigkeit«.

Der Dichter aber träumte: »17-Jährige, tausend Leben unausgeschöpfter Jugend brausten in dir – – –. Amen.«

CAFÉ-CHANTANT

Nach der Vorstellung, Mitternacht, soupieren die Kavaliere mit den »Stars«.
Fünf junge Damen sind es, Schwestern. Vier sind hellblond, mit tiefen Scheiteln in ihren seidenen leichten Haaren. Eine ist hellbraun, mit tiefem Scheitel in ihren seidenen leichten Haaren.

Alle fünf tragen weite seidene schwarze Kleider und hellgraue Empire-Hüte mit drei schwarzen Straußfedern. Eine sechste ist in Reserve da. Plötzlich ist sie verschwunden. Wohin?! Niemand könnte es ergründen. Entführt, versunken?!?

Siehst Du, wie gut es ist, daß eine in der Reserve ist?! Gleich bestellt man einen neuen Reservisten und ein schwarzes Seidenkleid und einen Hut Empire.

Ein Graf schrieb der wunderbaren Mage einmal in ihr englisches Stammbüchlein: »Wenn Sie haben eine üble Laune, mein Herr, so nehmen Sie nicht Beechams Pillen, sondern soupieren sie mit Mage, und Ihre Krankheit wird fort sein, ganz fort.«

Viele Herren versuchten seitdem dieses einfache Mittel und allen half es. Frohen Sinn verbreitet sie wirklich, wie ein Kind bei seinen Großeltern.

Ein Baron sagte einmal während eines Soupers: »Fünf little dogs wird man euch schenken, ihr Süßen, gelbe Hündchen mit dunklen Schnäuzchen. Alle werden zu gleicher Zeit auf eurem Schoße sitzen und — — —«

»Und?!« fragten die fünf jungen Mädchen.

»Und – – –. Kleine Hunde können nichts dafür.«

Die fünf Fräulein lachten darüber wie Kanarienvögel im Sonnenlichte. Ganze Trillerketten rollten sie, wie man bei »Harzern« sich auszudrücken pflegt.

»You are ein kleines Swein«, sagte Mage zu diesem Kavaliere und tippte ihn auf seine Glatze, welche er in höchstem Maße besaß.

Die Kavaliere bestellten fünf Eierpünsche. Dafür schwärmen die jungen Fräulein. »Keinen Champagner! Keinen Rheinwein! Eierpunsch! Eierpunsch, o bitte – –!«

»Ich vermutete gar nicht, daß im Eierpunsche soviel Poesie läge«, sagte einer der Kavaliere und leckte Mages Löffelchen ab.

Man fragte einmal die etwas massive Agne: »Agne, mein Mädchen, wieviel wiegst Du?!«

»Ich wiege soviel wie ich wiege – – plus immer dem Gewichte eines Eierpunsches.«

Mage war ganz verliebt in einen der Kavaliere.

»Bin ich für dich Beechams Pille?!« sagte sie und sah ihm ganz hinein in seine Augen.

Ja, sie war für ihn Beechams Pille.

»Wir werden Euch singen ein kleines englisches Lied, weil Ihr so gut seid zu uns und gebet Eierpunsch, ja?!«

Sie sangen ganz leise und freudig und wiegten ihre Köpfchen dabei.

»Wundervoll – –«, dachten die Kavaliere, »sind wir mit Kindern oder mit Erwachsenen, zum Teufel?!«

Wie mit unseren Nichten ist es. Man sitzt auf dem Teppiche und sagt: ›Jetzt kommst Du dran, pitschi, patschi, hohohoho – – – –‹

Jawohl, unsere ganzen Wünsche entziehen sie uns. Wir tun nur, was ihnen Freude macht, von ganzem Herzem. Durch nichts möchten wir sie kränken, aufschrecken.

Agne, liebste Agne. Mage, liebste Mage. Fannie, liebste Fannie. Sissie, liebste Sissie. Maridy, liebste Maridy!«

Die fünf Mädchen trinken gerne Eierpunsch. Mit Kavalieren sitzen sie und amüsieren sich.

Eine sechste ist in Reserve. Das schicksalsvolle Leben repräsentiert sie. Wie der Chor bei den Alten. Wie ein Roman im vorhinein. Ruhig schläft der Impresario: Die Romantik ist im Calcüle.

Die Kavaliere aber werden zu Dichtern, die innerlich singen. Wie Lord Byron einst zur Gräfin, möchten sie sagen: »Oh, ne m'accordez jamais, ce que ma démence vous implore sans cesse, afin que notre amour reste éternellement beau et au-dessus de l'humanité!«

Ja wirklich, das möchten die Kavaliere beinahe beten, wenn auch nicht so schwungvoll.

Mage, o Mage, Beechams wiederherstellende Pille!

IN EINEM WIENER »PUFF«

Du«, sagte die süße Anschmiegsame zu mir, »du, der da drüben ist nicht *normal*; er lebt auf einer Sandinsel in der Donau, läuft halbnackt herum, du siehst, er ist ganz braun von der Sonne. Der kommt nur her, um uns zu verachten! Dich auch, Peter, dich auch. Was nützt dir da dein ganzes schönes Dichten?!?«

Der Herr drüben sah wirklich aus wie das Leben selbst. Oder wie ein Afrikareisender. Gegerbt von Licht und Luft, gegerbt!

Seine Freunde an seinem Tische hatten sich alle bereits »verliebt«, wie der technische Ausdruck lautet.

Nun forderten sie ihn auf, sich ebenfalls doch endlich zu »verlieben«.

»Soll ich mich schwächen?!?« erwiderte der Braune den Bleichen. Und alle lachten.

»Is dös deine Kraft, wenn du nix zum Ausgeben hast?!?« sagte die süße Anna.

»Lass' ihn – – –«, sagte Hansi, »ein jeder weiß, was er zu tun hat. Wahrscheinlich nutzt ihm die Sonne auch nichts mehr – – –.«

»Verachten Sie mich auch?!?« sagte der Braungebratene, und wandte sich an eine, die einen Fünfkreuzerroman las und ganz darin vertieft war.

»Weshalb sollte ich Sie verachten?!? Ich kenne Sie gar nicht.«

»Wie sind Sie überhaupt zu diesem Leben gekommen?!?« sagte der Naturgemäße sanft. Das ist die öde Frage aller Dilettanten des Lebens.

»Das wird den Herrn wohl wenig interessieren können –.«

»Doch. Sie scheinen mir zu etwas Besserem geboren!«

Zweite Phrase des Dilettanten!

»Ich wurde verführt – – –.«

»Aha, die *Liebe!*«

»Nein, *nicht* die Liebe!«

»Also die *Sinnenlust!*«

»Nein, man gab mir zu trinken, auf einer Landpartie – – –.«

»Also der *Alkohol!* Eines der drei Gifte mußte es ja sein – – –.«

Er registrierte das Ganze unter die Rubrik »Alkohol«.

Anna ging vorbei und sagte: »Sie, Herr Robinson Crusoe, verführen Sie mir diese Unschuld nicht –«.

Der Donauinselsandsonnenmensch ging an das geöffnete Fenster, blickte in das Dunkel des Gäßchens, das nur durch die Lampe eines Pissoirs einen grellen Fleck erhielt, roch mit Widerwillen die schlechte Luft.

Dann sagte er: »Zu wenig Respekt habt ihr vor Sonne und Luft, das ist es!«

Die Mädchen wurden momentan ganz verlegen bei dem Gedanken, daß sie wirklich vielleicht zu wenig Respekt hätten vor Sonne und Luft. Denn bisher hatten sie wirklich gar keinen Respekt gehabt davor.

Nur Friederike, die ihren Namen nie in »Fritzerl« abgekürzt hören wollte, weil sie *derjenige welcher* immer so genannt hatte, sagte: »Und doch haben wir einen besseren Humor als Sie – – –.«

»Bst«, sagten die anderen Mädchen, »tu' ihn net beleidigen, dös g'hört sich net – – –.«

»Adieu, Verlorene«, sagte der Herr und ging.

»Wir empfehlen uns, Herr Robinson Crusoe –«, rief ihm Anna nach.

»Was habt's alle »bst« gerufen, wie i den faden Bimpf abg'stellt hab'?!?« sagte Friederike.

»Man darf niemandem so die Wahrheit sagen; vielleicht wär' er doch noch mit einer aufs Zimmer gegangen – – –.«

»Ah, der nöt, der Sonnenpritschler; dö san alle zu schwach vor lauter Kraft – – –.«

DER TRATTNERHOF

Also dieser aristokratisch-einfache, zweckmäßig gegliederte alte Bau soll nun auch verschwinden! Statt dessen werden schreckliche Unnötigkeiten erstehen, Türmchen mit Kupferplatten versehen, oder eiserne schwarze, oder vergoldete; riesige Emailplatten in allen Farben; kleine Balkone, auf die niemand hinaustreten kann, mit Geländern wie irrsinnig gewordene Schlänglein! Ein Tohuwabohu von Unzulänglichkeiten! Ein architektonischer Hexensabbat alles Unnötigen, Unzweckmäßigen, blöd Verschwendeten auf Erden! In unseren geliebten Spielereischachteln einstens waren Häuser mit glatten edlen Wänden, breiten Fenstern, hohen Dächern, großen Haustoren. Da konnten wir uns weite, stille, abgeschiedene Zimmer hineindenken, in denen man ein Refugium fand vor den Stürmen des äußeren Lebens! Aber heutzutage ist man ehrlich; an der Schnickschnackfassade sollst du es nämlich sogleich zu spüren bekommen, daß du auch in deinem eigenen, von dir selbst bezahlten Zimmer, keinerlei klösterlichen Frieden, Ruhe, Sicherheit, Vereinsamung, Abgeschlossenheit mehr finden könntest – – –! Die Menschen suchen Ornamente, Verschnörkelungen, *Zieraten* (ein ekelerregendes Wort), weil sie zu ihren eigenen, in sie von Gott gelegten *Paradieseseinfachheiten* noch nicht vorgedrungen sind!

Der alte, einfache, edle Trattnerhof hat durch Jahrzehnte niemanden gestört, belästigt. Ich sehe nun schon alle Künsteleien ihre schändlichen Orgien feiern. Häuser werden zum Bewohntwerden errichtet, meine Herren Architekten; architektonische Knockabouts gehören in den Wurstelprater!

ERINNERUNG

Der Rathauspark duftet nun von edlen Bäumen und edlen Sträuchern. Es ist kühl und schattig. Aber damals war es eine endlose graue Wiese mit eingetretenen staubigen oder kotigen schmalen Fußwegen. Eines Tages stand eine grüne Bretterbude da, das erste Wandelpanorama in Wien, genannt »Der Rigi«. Es roch nach Öllämpchen, und mein Hofmeister und ich saßen in der ersten Reihe auf Strohsesselchen. Der Rigi und alle Seen und Bergesketten zogen an uns vorüber, zu den Klängen eines italienischen Werkels. Dann wurde es allmählich finster, und die Berghotelfenster beleuchteten sich, denn sie waren ausgeschnitten und dahinter Licht. Das gefiel mir. Später machten wir eines Tages die erste Pferdetramwayversuchsfahrt mit, vom Schottenring bis Dornbach. Es fiel mir auf, daß es fortwährend klingelte, was bisher bei den Fuhrwerken nicht zu beobachten war. Man hielt das Ganze für gefährlich und unsicher und glaubte nicht recht daran, daß es sich einbürgern werde.

Die Sonntage wurden in Hietzing bei »Domayer« verbracht. Es fiel uns angenehm auf, daß unser Vater dem Fiaker, der uns führte, *du* sagte und sich in leutselige Gespräche mit ihm einließ. Er kam uns vor wie ein milder Potentat. Die Trinkgelder waren enorm, gleichsam die Entschädigung für das vertrauliche *du*. Die Rückfahrten vom Lande abends sind das Schönste; da schläft man wie ein Toter. Man verflucht den

Moment der Ankunft, der Wagen ist das wunderbarste Bett gewesen. Aber jetzt kommt Stiegensteigen, Ausziehen, eine unsäglich beschwerliche Arbeit.

Gebratene Äpfel spielten bei uns eine große Rolle. Alles duftete in den Zimmern danach. Das ist ganz abgekommen. Auch gedünstete Kastanien, goldigglänzend, auf schwarzgrünem Kohlpüree, waren eine Festspeise, die jetzt im Absterben begriffen ist. Die neue Generation macht sich nichts daraus.

Wir vergöttern unsere Hofmeister und Gouvernanten, und sie uns. Die Eltern spielten nur eine zweite diskretere Rolle, traten erst in Aktion bei außergewöhnlichen Ereignissen. Sie waren einfach der »Oberste Gerichtshof«. Wir lebten »romantische Idyllen«, deshalb fiel es uns später so schwer, dem realen Leben Genüge zu leisten – – –.

DIE KINDHEIT

Gestern fuhr einer der *allerkultiviertesten* Menschen im Einspänner an mir vorüber. Er ließ halten, stieg aus, sagte: »Jessas, jetzt weiß ich gar nicht, was ich Ihnen eigentlich hab sagen wollen!?«

»Reichenau, Thalhof, Waisnix!«

»Ah ja, Sie haben's noch immer so gern, in Ihrem Buch hab ich's neulich gelesen. Sonst ist's nicht viel wert.«

»Was, Reichenau, Thalhof?!«

»Nein, Ihr Buch. Sie, ich hab mir zu Haus in zwei Zimmern ein Thalhof-Museum angelegt. Von der Kindheit bis jetzt, wo sich nichts verändert hat in dieser absolut enttäuschungslosen Sache: Reichenau bei Payerbach, Thalhof, Knofel-Eben, Pürst-Hof, Laka-Boden, Alpl, Ochsenboden usw. usw.! Sie, ein Museum! Die alten Speisekarten von 1871, und auf der Badekarte steht: ein jedes Handtuch extra 5 Kreuzer. Und ein riesiger Fichten-Span, den ein Klopfspecht morgens in meiner Gegenwart am ›Pürst-Hof‹ bearbeitet hat. Kommen's zu mir, *Sie* brauchen kein ›Museum‹, Sie haben's drinnen, aber *ich* brauch' *Ihnen,* daß Sie sehen, daß ich *auch* ein bissel Ihr Reichenau-Thalhof gern gehabt hab mein Leben lang! Wenn ich auch kein Dichter bin Gott sei Dank, gern gehabt und hab ich's noch doch kolossal!«

IM STADTPARK

Als Kinder saßen wir Abend für Abend mit unsern geliebten Eltern im Stadtpark, im Kursalon. Wir bekamen Eis und Hohlhippen und hatten keinerlei Sorgen. Der Vater geht nun seit Jahren nicht aus seinem bequemen Zimmer mehr heraus, und die Mutter nicht aus dem bequemen Totenschrein. Ich, glatzköpfig und sorgenvoll, komme nun in den Stadtpark, Kursalon, auf die Terrasse, an denselben Tisch, an welchem wir einst sorgenlos mit den geliebten Eltern saßen. Ich bestelle dasselbe Eis, Himbeerschokolade, wie als Kind, mit recht vielen und knisternden, also frischen Hohlhippen. Vor mir die Gartenbeete wie einst, ein bißchen bunter, origineller. Ich sehe Eltern mit ihren Kindern. Sie zanken und schelten. Unsere Eltern zankten und schalten nie, nie. Vielleicht war es schlecht, daß sie es nie taten, aber sie hatten Achtung vor ihren eigenen Erzeugnissen, und Zuversicht! Wir haben sie enttäuscht; aber sie haben es hingenommen als Schicksal und Verhängnis. Wir haben ihre Tränen, die sie um uns weinten, nie gespürt – – –. Nun sitze ich, Glatzköpfiger, Sorgenvoller, wieder im Stadtpark, im Kursalon, auf der Terrasse, an demselben Tisch wie einst mit den geliebten Eltern, esse dieselbe Portion Himbeerschokolade wie einst, mit vielen knisternden, also frischen Hohlhippen – – –. Die Gartenbeete, auf die ich herabblicke, sind ein wenig bunter, origineller. Aber sonst hat sich nichts verändert, in den Zeiten vom dummen Kind zum müden Mann! Ich sehe Eltern, die ihre Kinder im Park schelten; unsre Eltern schalten uns nie; sie erhofften es, daß wir sie einst belohnen würden für ihre Güte; aber wir taten es nicht. Wir hatten eine schöne Kinderzeit; so tauchen wir denn hinab in Erinnerungen, da wir vom seienden Tage nicht leben können. Wir hatten allzu sanftmütige, hoffnungsfreudige, schicksalergebene Eltern. Es war ein Fluch und ein Segen! Man kann nun an Zeiten zurückdenken, die paradiesisch waren – –. Nicht jeder, der vor sich das Dunkel sieht, kann liebevollen Herzens der lichten Zeiten dankbar sich erinnern – – –.

ORT ALTENBERG

Ich war heute, nach 30 Jahren, in dem kleinen lieben Orte »Altenberg«, an der Donau. Heißt er so nach mir, heiße ich so nach ihm, gleichviel! Die Gebüsche der Weiden und der Birken sind Waldungen geworden, und Niemand schwimmt mehr in der »freien großen breiten Donau«, sondern in den sogenannten reizenden »toten Lacken«. Wo ist Emma, wo ist Bertha, wo ist Hilda, wo ist Elsa?! Ja, Emma hat eben hier, eingedenk ihrer holdesten Kinderzeit, mit Hilfe ihres berühmten Mannes (Hofrat Professor Adolf Lorenz) sich hart an diesen lieblichsten Donautümpeln ein herrliches Garten-Schloß erbaut mit weißer hoher Aussichtswarte über die Donau-Auen. Frische feuchte Luft kommt abends von den Hügeln. Was man da Alles sich einst erträumte, ist verweht. Alle, Alle haben sich gerettet, irgendwohin, nur ich nicht. Ich mache eine Landpartie hinaus, in dieses Land meiner heiligen Jugendträume, und bemerke, daß die Weiden, die Birken dichte Waldungen geworden sind mit der Zeit!

EDITORISCHE NOTIZ

Vorlage für den Druck waren die Textfassungen aus denjenigen Auflagen der Originalausgaben, die in der Folge nicht mehr verändert wurden und so als Ausgaben ›letzter Hand‹ gelten können. Offenkundige Satzfehler wurden verbessert. Die Orthographie und die oft eigenwillige Interpunktion wurden grundsätzlich unverändert belassen, um Altenbergs den Sprechrhythmus nachahmenden Duktus nicht zu verändern. Lediglich wurden zur Vereinheitlichung die Regeln der Rechtschreibreform von 1901 (th zu t, ss zu ß) auf die früher entstandenen Texte angewendet. Die charakteristischen Sperrungen des Originals wurden in Kursivierungen umgesetzt.

WERK- UND ABKÜRZUNGSVERZEICHNIS

WS   Wie ich es sehe. (EA 1896). Vierte Auflage Berlin 1904
     Ashantee. Berlin 1897
WT   Was der Tag mir zuträgt. (EA 1901). Dritte vermehrte und veränderte Auflage Berlin 1906.
P   Pròdrŏmŏs. Berlin 1906
M   Märchen des Lebens. (EA 1908). Dritte vermehrte und veränderte Auflage Berlin 1911
B   Bilderbögen des kleinen Lebens. Berlin 1909
NA   Neues Altes. Berlin 1911
S   Semmering 1912. (EA 1913). Dritte veränderte und vermehrte Auflage Berlin 1913
F   Fechsung. Berlin 1915
NF   Nachfechsung. Berlin 1916
V   Vita ipsa. Berlin 1918
L   Mein Lebensabend. Berlin 1919

QUELLENVERZEICHNIS

Jeder Großstädter…: NF, 284
Die Tragödie des Kleinstädters…: NF, 303
So wurde ich: S, 35 f.
Die Maus: P, 162 – 165
Zimmereinrichtung: V, 60 f.
Das Personal: V, 9 f.
Das Hotel-Stubenmädchen: S, 67
Jause: F, 245 f.
Lift: P, 165 f.
Die Kontrolle: M, 67 f.
Blumen-Corso: WS, 213 – 215
Volksgarten-Jungfräulichkeit: NF, 339 f.
Im Volksgarten I: NA, 135 f.
Im Volksgarten II: WS, 262 f.
Stadtgärten: B, 129 – 131
Wiens Hygiene: L, 101 – 103
Kaffeehaus: V, 186 f.
Regeln für meinen Stammtisch: M, 44 f.
Die Mitzi: B, 133 – 135
Die Post-Novize: WT, 43 – 45
Das Schreibmaschin-Fräulein: B, 32
Locale Chronik: WT, 159 – 165
Die Bonne: B, 92
Dienstboten: NF, 298 f.
Erlebnis: B, 120 – 122
Tramway-Szene zehn Uhr nachts Baden – Wien: NF, 117 f.

Infektion: NF, 187
Der Tag des Reichtums: NA, 81 f.
Der Spazierstock: B, 175 f.
Über Schreibfedern: P, 193 f.
Die Kundschaft: F, 240
Der Fortschritt: NA 105 f.
Eisenhandlung. Wien: NF, 41 f.
Japanisches Papier, Pflanzenfaser: B, 99
PA-Kollier: M, 97–99
Musterschutz: V, 65
Pleite: L, 140 f.
Romantik der Namen: NF, 221
Die Donauinsel »Gänsehäufel«, Strandbad bei Wien: M, 14 f.
Fahrt: S, 160–162
Sonnenuntergang im Prater: M, 90–92
Baden bei Wien im Frühling: B, 173
Rückkehr vom Lande: NA, 39 f.
Weshalb ich nicht aufs Land gehen kann: V, 243 f.
Venedig in Wien: WS, 79–83
Café de L'Opéra (im Prater): WT, 303 f.
Costüme-Ball im Wiener Künstler-Hause: WS, 235–237
Gregory-Truppe: B, 118 f.
Unser Opernhaus: M, 52–54
Kinematograph-Theater: B, 136 f.
Etablissement Ronacher: M, 64 f.
Sommernacht in Wien: P, 197–200
Nachtcafé: NA, 149 f.
Fünf-Kreuzer-Tanz: P, 196 f.

Café-Chantant: WT, 221–224
In einem Wiener »Puff«: M, 164–166
Der Trattnerhof: NA, 155f.
Erinnerung: NA, 99f.
Die Kindheit: NF, 108f.
Im Stadtpark: NA, 121f.
Ort Altenberg: L, 150f.

NACHWORT

Man hat in Wien vor einigen Jahren dem Dichter Peter Altenberg (1859–1919) ein Denkmal gesetzt, das gerade in seiner Lächerlichkeit beinahe ein angemessenes ist. Altenberg sitzt nämlich seit der Renovierung und Neueröffnung seines damaligen Stammcafés »Central« in der Herrengasse dort an einem Einpersonentisch nahe der Mehlspeisenvitrine, lebensgroß nachgebildet in Pappmaché.

Angemessen ist eine solche Ehrung, da Altenbergs Beziehung zur Stadt Wien es gar nicht erlaubte, ihn etwa in einer verschwiegenen Parkecke, in Bronze gegossen und auf einem steinernen Postament, zur endgültigen Ruhe festzumachen. Altenberg war vielmehr immer unterwegs in den Wiener Straßen; und wenn er Halt machte, dann nicht in Akademien oder Vortragssälen, sondern im Park, im Prater, im Kabarett und immer wieder: im Kaffeehaus. Sein ambulantes, manchmal rastloses Wesen ertrug keinerlei bürgerliche Existenz, nicht einmal eine feste Wohnung; Zeit seines Lebens logierte er in Wiener Hotels.

Man hat Altenberg ganz richtig einen »Afrikaforscher des Alltags« genannt. Tatsächlich bewegte er sich im Wien der Jahrhundertwende wie der Expeditionsreisende in einem kaum entdeckten Land. Kennerschaft und Faszination wechselten dabei mit Befremden und Abscheu, denn wo anderen alles bekannt oder sogar bis zur Unkenntlichkeit selbstverständlich war, nahm er immer wieder das Neue, das Unerhörte und das Unverwechselbare wahr. Nichts Unscheinbares, das er im Gewühl der Straßen, der Geschäfte und Vergnügungslokale vorbeigehen ließ, ohne nicht dahinter die Katastrophe oder die große Glücksversprechung zu vermuten.

Diese Haltung aus Wißbegier und Urteilsfreudigkeit machte, daß Altenberg immer genau in der Mitte stand zwischen denjenigen Wienern, für die ihre Stadt aus eitel Harmonie und Schönheit bestand, und den anderen, die wie sein Mentor Karl Kraus Wien für ein fortgeschrittenes Experiment mit der Selbstauflösung der Zivilisation hielten. Die Stadt war für ihn, im Guten wie im Schlechten, gewissermaßen schiere Natur, und nie richtete sich seine Begeisterung für Kurorte, See-Panoramen und Bergwiesen gegen das Urbane; die Sommerfrische verhielt sich ihm vielmehr zur Stadt wie der Garten zum Haus: Schön ist es draußen, und noch viel schöner ist es, rasch wieder drinnen sein zu können.

Eine solche Haltung mochte in Altenbergs eigener, sehr origineller und oft gar in sich widersprüchlicher Sicht auf Menschen und Dinge begründet sein, aber sie war auch geprägt durch das Besondere jenes Wiens um 1900. Teilweise schon energisch ›zur Großstadt demoliert‹, beherrschten das Alltagsleben hier noch nicht ausschließlich Sachlichkeit und Anonymität; und während anderswo die Städte in die Höhe und in die Tiefe wuchsen und im Verkehr zu ertrinken begannen, mutete in Wien nicht nur die »Innere Stadt« wie ein Freiluftmuseum vergangener großer Jahrhunderte an.

So war Altenberg noch notwendig ein anderer Flaneur als nach ihm Louis Aragon im Paris oder Franz Hessel im Berlin der Zwanziger Jahre. Die drangen auf ihren Forschungsreisen bereits nur mühsam in die geheime Natur der Metropolen ein, in ihre Passagen und Hinterhöfe. Für Altenberg hingegen war Wien noch ein Offenkundiges und Ganzes. Sein Interesse galt weniger dem garantiert Exzeptionellen oder gar dem Skandalösen; und wenn er sich etwa so typisch großstädtischen Randgruppen wie den Prostituierten widmete, dann um auch sie seinen »Bilderbögen des kleinen Lebens« einzuverleiben.

Dieses »kleine«, alltägliche Leben suchte Altenberg in der großen Stadt, oder besser: er suchte zu beweisen, daß das vermeintlich Große eine Summe von Kleinem ist. So ging er weder als offizieller Baedecker-Korrespondent durch die Haupt- und Residenzstadt Wien, noch erkundete er bloß deren Ränder und Nachtseiten. Vielmehr schimmert durch viele seiner Texte hindurch ein Wien, wie er es sah: als Utopie eines großstädtischen Lebens, das für den aufmerksamen und phantasiebegabten Passanten ohne alle Entfremdung bleibt. Wie er das ganze Leben in ein Märchen umzuschreiben trachtete, so das Wien der Jahrhundertwende in den Ort, an dem inmitten der Zeugnisse einer großen Tradition uralte Sehnsüchte der Menschheit durch modernste Errungenschaften erfüllt werden sollten. Er verordnete der Großstadt hygienische und gartenpflegerische Gesetze, gegen den beginnenden Waren-Überfluß errichtete er Idyllen aus Markenprodukten, und die wohlbehüteten Kinder in den gepflegten Parkanlagen machte er zu Trägern eines zukünftigen, freieren Gedankengutes.

Die vorliegende Auswahl versammelt aus allen Büchern Altenbergs kurze Prosatexte und Skizzen und ordnet sie zu einer Art, Altenberg würde sagen: idealem Tagesablauf in und um Wien. In dem haben Impressionen im Stadtpark und dramatische Momente im Nachtcafé ebenso ihren Platz wie die Alltagssorgen des Autors und der Menschen in seiner Umgebung; die scheinbar nebensächlichen Dinge des täglichen Gebrauchs stehen neben den großen Kunstwerken. Doch gemeinsam ist allem, daß es sich in einem mal enthusiastischen, mal melancholischen, dabei immer aufmerksamen Auge spiegelt.

Burkhard Spinnen

SCHÖFFLING & CO.

Eva Demski
Land & Leute
320 Seiten
Gebunden
»Eva Demskis Berichte, Kommentare, Reportagen, Interviews sind kleine Kunststücke – sprachliche Sterne am sonst häufig düsteren Himmel deutschsprachiger Bücherschreiber und Zeitungsmacher.«
Süddeutscher Rundfunk

Markus Hattstein
Wörterbuch des Teufels
Neue Folge
148 Seiten
Gebunden
Das ideale Geschenk: ein Wörterbuch der boshaften Weisheit.

Reinhard Kaiser
Eos' Gelüst
Roman
168 Seiten
Gebunden

Klaus Modick
Der Flügel
Roman
336 Seiten
Gebunden
»… eine unglaublich spannend erzählte Geschichte.«
Sigrid Löffler im *Literarischen Quartett*

SCHÖFFLING & CO.

Jennifer Poehler
Türkises Alphabet
Gedichte
80 Seiten
Gebunden
»Jennifer Poehler tut man kein Unrecht,
wenn man sie für einen neu aufgegangenen Stern
am blassen Himmel der deutschen Lyrik hält.«
Süddeutscher Rundfunk

Jochen Schimmang
Königswege
264 Seiten
Gebunden

Michael Schulte
Unbekannt verzogen
Roman
Umschlagzeichnung von Hans Traxler
384 Seiten
Gebunden

Karen Usborne
Elizabeth von Arnim
Eine Biographie
Aus dem Englischen von Klaus Modick
528 Seiten. Mit Abbildungen
Gebunden
»… ein kluges, witziges, mitfühlendes und sehr
überzeugendes Buch.«
The Times

SCHÖFFLING & CO.

Burkhard Spinnen
Kalte Ente
Geschichten
Umschlagzeichnung von Walter Moers
304 Seiten
Gebunden
»Wer es bisher nicht für möglich gehalten hat,
daß sich auch außerhalb der angelsächsischen Literatur
neuer Lesestoff findet, der unterhaltsam und auf eine
unaufdringliche Art klug erzählt ist, dem sei Burkhard
Spinnens *Kalte Ente* empfohlen«
Gunhild Kübler
Neue Zürcher Zeitung

Elsemarie Maletzke
Very British!
Unterwegs in England, Irland und Schottland
136 Seiten
Gebunden

Virginia Woolf
Am Mittelmeer
Unterwegs in Italien, Spanien, Griechenland und der Türkei
Aus dem Englischen von Karin Graf
128 Seiten
Gebunden

SCHÖFFLING & CO.

Das Bärenbuch
Herausgegeben von Julia Bachstein
256 Seiten
Gebunden
Eine unentbärliche Sammlung der besten
Geschichten und Gedichte über Meister Petz.

Katzenliebe
Ein Lesebuch
Herausgegeben von Esther Scheidegger
264 Seiten
Gebunden

Von Büchern und Menschen
Umschlagzeichnung von Hans Traxler
160 Seiten
Kartoniert